Línea caliente

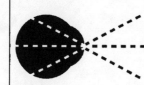

This Large Print Book carries the
Seal of Approval of N.A.V.H.

Línea caliente

Natalie Bishop

Thorndike Press • Waterville, Maine

Published in 2005 by arrangement with Harlequin Books S.A.
Publicado en 2005 en cooperación con Harlequin Books S.A.

Thorndike Press® Large Print Spanish.
Thorndike Press® La Impresión grande española.

The tree indicium is a trademark of Thorndike Press.
El símbolo del árbol es una marca registrada de Thorndike Press.

The text of this Large Print edition is unabridged.
El texto de ésta edición de La Impresión Grande está inabreviado.

Other aspects of the book may vary from the original edition.
Otros aspectros de éste libro podrían variar de la edición original.

Set in 16 pt. Plantin.
Impreso en 16 pt. Plantin.

Printed in the United States on permanent paper.
Impreso en los Estados Unidos en papel permanente.

Library of Congress Cataloging-in-Publication Data

Bishop, Natalie.
    [Love on line one. Spanish]
    Línea caliente / by Natalie Bishop.
        p. cm. — (Thorndike Press large print Spanish)
    Original title: Love on line one.
    ISBN 0-7862-7408-5 (lg. print : hc : alk. paper)
    1. Large type books. I. Title. II. Thorndike Press large print Spanish series.
PS3602.I764L68518 2005
813′.54—dc22   2004028353

Línea
caliente

Prólogo

PARECE que tenemos tiempo para una llamada más —dijo Jake Danforth haciéndole un gesto de aprobación a DeeAnn, quien le hacía señas para que respondiera a la línea telefónica.

—Se llama Shar, diminutivo de Sharlene —articuló DeeAnn con los labios.

Jake pulsó la luz verde de la línea uno.

—¿Shar?

—Oh, Dios mío, ¿estoy en el aire? ¿Con Jake Danforth? —la mujer hablaba como si fuera a ponerse a chillar de excitación.

—Sí, sí —se apresuró a responder Jake—. Estás en el aire. Faltan diez minutos para las nueve, así que date prisa.

—Estabas hablando de tu divorcio —dijo ella—. Acabó ayer, ¿verdad?

Jake soltó un suspiro silencioso. Ese era el precio de la fama. Afrontar toda clase de noticias y fingir que no le importaban.

—En efecto.

—¿Has dicho que tu mujer... eh... ex mujer fue a esa médium y que fue ella quien le dijo que se divorciara de ti?

—Psicóloga —corrigió Jake, encogiéndose

7

de hombros ante la mirada compasiva de DeeAnn. Odiaba sacar ese tema en público, pero parecía ser el favorito de sus oyentes aquellos días.

—¡Bueno, pues fue una miserable! Deberías ir a verla y decirle un par de cosas a esa médium.

—Psicóloga —volvió a corregir—. Y, por lo visto, también es una asesora matrimonial.

—¡Ja! —Shar soltó un resoplido de desdén—. ¿No has dicho que echaba las cartas del tarot?

—Eso mismo.

—Bueno, pues en ese caso está fingiendo ser lo que no es. El tarot no se puede interpretar literalmente; es solo una guía, no una verdad absoluta.

—¿Tú lees las cartas, Shar?

—¡Sé reconocer a una charlatana! Esta mujer… ¿cómo se llama?

—Julie Sommerfield.

—¿Crees que tiene alguna idea de lo que está hablando?

—Está claro que mi ex la creyó.

—Estoy hablando de ti, Jake. ¿Qué piensas? Quiero decir, ¿qué piensas de verdad?

Jake miró a DeeAnn, quien estaba recogiendo su bolso y algunas carpetas de su escritorio. Cada mañana intervenía en el programa de radio y actuaba como abogada del diablo. Pero aquel día no necesitaba hacerlo, pues todo el mundo estaba llamando para decir lo que pensaban de la ex de Jake y de su asesora celestial.

—¿Quieres saber lo que pienso? —preguntó él, en un tono que dejó petrificada a DeeAnn. Lo miró con preocupación, pero Jake la ignoró. Normalmente, era muy bueno en ocultar sus sentimientos, pero en aquellos momentos parecía dispuesto a soltarlo todo—. Creo que esta Julie Sommerfield es una psicoanalista de pacotilla —asintió para recalcar la crítica, sin hacer caso de los frenéticos gestos de DeeAnn por llamarle la atención—. Seguramente repite siempre el mismo rollo del autocontrol, del refuerzo de la personalidad y del «conócete a ti mismo», y luego te pide el dinero antes de que pongas un pie en la puerta. Mira en lo que busca la inspiración… en las cartas del tarot. Estoy seguro de que además lee el futuro en las estrellas y en las hojas del té y de que oye una voz interior. Pero ¿sabe algo de las relaciones? Lo dudo. Solo habla por hablar. Es el tipo de chiflada a la que no deberían permitirle el trato con personas. Llámame «duro», si quieres. Mi ex no solo se dejó influir por esta «asesora matrimonial». ¡Además sugirió que yo también fuera a verla!

DeeAnn emitió una exclamación ahogada

y se deslizó fuera de la habitación.

—¡Pues yo creo que deberías ir a verla! —declaró Shar—. ¡Y decirle que fue Shar quien te envió!

Las luces de todas las líneas se encendieron y empezaron a parpadear frenéticamente. Jake puso una mueca de dolor. Sabía que había ido demasiado lejos.

—Lo pensaré —la informó a Shar—. Pero aquí llega Zipper —añadió con alivio, al ver cómo entraba en la sala su sustituto de las nueve—. Volveré mañana a las seis en punto. Que tengas un buen día, Portland, y no os acerquéis demasiado a los seudopsicólogos —esbozó una sonrisa para sí misma—. Que tengan cuidado esa Julie Sommerfield y todos los de su calaña. Estamos tras ellos...

Capítulo uno

VOY a tener que matarlo —dijo Julie Sommerfield mientras pasaba la página del periódico dominical—. Sí, hay que hacerlo, y es una lástima, porque no me gusta pensar que soy una criminal —levantó la vista y miró a Nora Carlton, su mejor amiga y compañera de piso—. ¿O debería decir asesina?

—Asesina —respondió Nora, que con glaseado de naranja estaba pintando caras sonrientes en los pastelillos de canela.

—Asesina —repitió Julie—. He conocido a Jake Danforth durante muchísimos años, y es una pena que tenga que acabar con él. Es muy guapo, y me gustaba mucho.

—Era tu Romeo —dijo Nora.

—Era el Romeo de la escuela. Y se ganó con creces el apodo.

—Estabas enamorada de él.

—Estaba loca de deseo por él —corrigió ella. Dobló el periódico y lo tiró al suelo, junto al montón de hojas arrancadas. No soportaba que Nora tuviera la última palabra—. Pero tienes que reconocer que esta vez ha ido demasiado lejos. ¿Cómo ha podido decir esas cosas de mí?

—No sabe que fuiste tú —le recordó Nora, pero Julie no la escuchaba.

—Alguien tiene que pararle los pies. Y voy a ser yo quien tenga que hacerlo.

—¿Cómo?

—¿Mmm?

—¿Cómo vas a matarlo?

—Oh… —Julie entrecerró sus azules ojos en un gesto de profunda concentración—. De una forma lenta y dolorosa. Tal vez con algún veneno letal, de esos que actúan pasado un tiempo de modo que nadie pueda sospechar la causa…

—¿Cómo vas a hacer que se lo tome?

—Buena pregunta. Tendría que mezclarlo con su jarabe para la tos o algo así. Entonces podría sentarme y esperar a que se ahogara.

—¿Y qué pasa si alguien más toma ese jarabe?

—Vive solo. Odia a todo el mundo excepto a su perro. Un perro al que yo odio, por cierto.

—¿Cómo sabes que tiene un perro?

—¡Es el mismo que tenían sus padres! ¿No te acuerdas? Debe de tener por lo menos cien años.

—¿Te refieres a Seltzer?

—¡El mismo! Seltzer… vaya nombre. También tenían un gato llamado Alka —se estremeció burlonamente—. Esa familia no puede estar bien de la cabeza.

Nora se encogió despreocupadamente de hombros.

—De todas formas —siguió Julie, apartándose un mechón de su corta melena marrón—, él nunca le daría a Seltzer jarabe para la tos, por lo que creo que el plan es perfecto.

—¿Dónde vas a conseguir el veneno?

—¿Qué tal en una tienda de jardinería? Hay un montón de insecticidas esperándome en las estanterías. Todas esas botellas con calaveras pintadas...

—¿De verdad tienen pintadas calaveras? —preguntó Nora con curiosidad.

—No estoy segura. Puede que tengan a Mr. Yuck, ese hombrecito verde con la lengua fuera. Era lo que aparecía en los frascos de veneno cuando yo era niña.

—¿No crees que Jake notará el sabor a insecticida? —Nora se lamió el glaseado que se le había quedado en el dedo—. Mmm... no está mal.

—Déjame probar —Julie se puso en pie y se acercó a la encimera. Nora se untó el índice de glaseado y se lo dio a lamer.

—Espero vender unos dos mil pastelillos de estos en la fiesta benéfica de Halloween. ¿Crees que lo conseguiré?

Nora tenía una tiendecita en la calle Treinta y tres de Portland, donde vendía sus famosos pasteles. Tenía tanto éxito que estaba pensando en contratar ayuda.

—¿Cuánto va a costarte?

—Un ojo de la cara. Espero que Irving St. Cloud y su ejército de clones vestidos de blanco no se me unan.

Fue el turno de Julie para encogerse de hombros. Nora mantenía una dura batalla con la nueva cadena comercial del noroeste, St. Cloud Bakeries, cuyos establecimientos se multiplicaban a un ritmo alarmante, constituyendo una seria amenaza para los pequeños comerciantes como Nora y su Nora's Nut Rolls, Etc.

—Seguro que St. Cloud tiene un puesto en el muelle —la avisó Julie—. Pero sus pastelillos no pueden competir con los tuyos —Nora apretó los labios, y Julie suspiró y cambió de tema—. Me encantaría causarle a Jake una muerte lenta por todos los años de tortura que me ha dado. Pero... lo más probable es que tenga que pegarle un tiro. Rápido y simple.

—Tendrás que conseguir un arma —dijo Nora, tendiéndole un pastelillo.

—Y aprender a usarla. Gracias —respondió, mirando la cara sonriente pintada en el molde.

Ella y Nora habían sido amigas desde la escuela primaria, desde los días en que Jake Danforth y sus amigos vivían en el mismo barrio de Beaverton y las acribillaban con manzanas y cerezas siempre que las veían pasar por la calle. Nora optaba por huir corriendo, pero Julie prefería plantarle cara al ejército de chicos, y a veces conseguía aplastar un puñado de cerezas contra la camisa blanca de Jake.

Pero cuando llegaron al instituto todo empeoró. En el baile de graduación, el acompañante de Julie se emborrachó con un amigo en los aseos, mientras que la novia de Jake no paraba de llorar porque, al haberse graduado, su novio iba a volver al Este.

De modo que Julie y Jake acabaron marchándose de la fiesta. Era una de esas cálidas noches de mayo en las que las emociones estaban a flor de piel, cuando las cosas más extrañas podían ocurrirle a cualquiera. En un momento se estaban sonriendo, hablando del fracaso de sus respectivas veladas y de la antipatía que se habían profesado de niños, y al siguiente estaban conduciendo hacia la casa de los padres de Jake, situada en un lujoso vecindario que daba a un acantilado en West Hills. Y de pronto se encontraron haciendo el amor en la casa de huéspedes, con las ventanas abiertas por las que entra-

15

ba la brisa marina y empapaba sus cuerpos desnudos.

Y entonces...

Todo acabó cuando la novia de Jake irrumpió en la casa, los pilló casi en el acto y difundió la noticia por todo el instituto al lunes siguiente. Para ser justos, Jake intentó detener los rumores, pero los ataques de su ex contra Julie empañaron de tristeza las últimas semanas de curso.

La universidad terminó con aquellos días tan horribles. Julie se marchó a la Universidad de Washington, pero un buen día volvió a tropezarse con Jake Danforth. Él se maravilló al verla de nuevo, pero ella, quien no había podido superar su atracción insatisfecha, se apresuró a solicitar el traslado a la Universidad de Oregon. Varios años más tarde, con un título de Psicología, un corto matrimonio fallido y una personalidad fortalecida, regresó a Portland para compartir una oficina con un psicólogo especializado en asesoría matrimonial. Julie había perfeccionado el talento que tenía para escuchar, y durante los años siguientes se granjeó una buena reputación como asesora sensible, inteligente y comprometida, heredando además la larga lista de clientes que su socio le pasó al retirarse. Gracias a ella muchas parejas habían permanecido juntas, y ese era su máximo objetivo.

Salvo cuando el asesinato parecía ser la única solución...

—¿No crees que si el crimen sale bien puede afectar a tu negocio? —señaló Nora, viendo cómo Julie mordisqueaba el borde del pastelillo—. Quiero decir, el asesinato es la última opción para intentar arreglar un matrimonio, ¿no?

—¡Eh, es Jake Danforth quien está afectando mi negocio! Tengo que hacer algo. Una situación extrema exige medidas extremas.

Nora arqueó una ceja y se contuvo de decir lo que pensaba. En muchos aspectos Julie Sommerfield era una consumada profesional, y durante cinco años sus consejos habían salvado a docenas de matrimonios. No era un logro nada desdeñable, teniendo en cuenta que las parejas llegaban a la consulta estrangulándose los unos a los otros.

Pero siempre que se mencionaba el nombre de Jake Danforth, los pensamientos de Julie volvían a los recuerdos de la infancia y del instituto.

—No puedo creer que tenga su propio programa de radio —murmuró Julie por centésima vez.

—Tal vez no deberías haberle aconsejado a su mujer que lo abandonara —dijo Nora.

Julie miró a su amiga como si la hubiera

herido de muerte.

—No le aconsejé que lo dejara. Ya lo había abandonado. Me contó lo cretino que era, y de todos modos yo ya lo sabía. No tenía derecho a criticarme así en su programa.

—La verdad es que fue un poco duro.

—¡Un poco duro! Dijo que buscaba la inspiración en las cartas del tarot. Dijo que era una chiflada a la que no deberían permitirle el trato con personas. Dijo...

—No sabe quién eres —la interrumpió Nora—. Te has cambiado el nombre. Seguramente estaba exagerando con sus bromas.

Julie frunció el ceño y le dio un gran bocado al pastelillo. No quería dejarse influir por el razonamiento de Nora. Sabía que Jake Danforth la recordaba como Juliet Adams, no como Julie Sommerfield, pero no le importaba. Desde que Jake soltara sus chistes en el aire, ella no había dejado de pagar las consecuencias.

—Están fabulosos —dijo, refiriéndose a los pasteles.

Nora's Nut Rolls, Etc. estaba siendo todo un éxito, y Julie temía que Nora pudiera dejar aquel apartamento de dos dormitorios en busca de más lujos y comodidades. A Nora le bastaba la minúscula cocina para preparar sus deliciosos pasteles, pero estaba claro que quería mudarse a un sitio con más espacio. Julie no podía soportar esa idea. Quería que las cosas siguieran como estaban, que Nora se quedase y que Jake Danforth se esfumara.

—Tú misma dijiste que sus comentarios no podían afectar a tu negocio. La gente se agolpa en tu puerta. Todos se mueren por conseguir tus servicios... Y ya sabes cómo es Jake. No pareció para nada preocupado por que su esposa lo abandonara. Se limitó a reconocer que la relación siguió su curso.

—Hablas como si estuvieras defendiéndolo. ¡Y me puso peor que a una adivina gitana especializada en maldiciones!

—Pero tú consultaste en las cartas el futuro de su esposa.

—Oh, no, no, no. ¡Fue ella quien me echó las cartas a mí! Luego, me enseñó cómo hacerlo y juntas las leímos para ella. Eso la ayudaba a no estar llorando por Jake.

—Entonces, ¿por qué dijo Jake esas cosas por la radio?

—¿Quieres ser cómplice en su asesinato?

—No tengo tiempo —dijo Nora—. Recuerda: no sabe que fuiste tú.

Julie puso una mueca. Sabía que Nora tenía razón. Jake no podía saber a quién había afectado de verdad con sus ataques. Pero, a pesar de ello, la furiosa diatriba que había lanzado en su programa de radio no era justa. ¿Cómo se había atrevido a hacerlo? ¿Acaso no sabía la influencia que podía tener en sus oyentes? Tal vez debería demandarlo por difamación...

Solo la idea hizo que deseara soltar un fuerte gruñido. Se contuvo porque sabía que estaba abusando de la paciencia de Nora, pero no podía evitar el sentimiento de furia. Parecía que los insultos de Jake hubieran abierto la caja de Pandora, pues eran muchos los oyentes insatisfechos que llamaban y se quejaban de sus respectivos terapeutas. ¡Y también se quejaban de ella, solo por haber aconsejado a la mujer de Jake! Cierto era que aún tenía a sus fieles seguidores y que la mala publicidad no había afectado realmente a su trabajo, pero lo que estaba claro era que la afrenta de Jake sí había herido sus sentimientos.

—Sí, seguro que no sabe que fui yo —murmuró—. Eso lo explicaría todo.

—No lo sabe.

—Pero de todos modos, ¿qué tiene de malo ser una médium? Debería dejar la psicología y dedicarme a la astrología. Mucha gente presta más atención a las estrellas que a su amor propio. Podría retirarme en cinco años.

—¿Y tus majaras? ¿No sufrirían mucho sin ti?

—No son exactamente majaras. Bueno, tal vez Carolyn Mathers sí lo sea... Pero los demás solo se sienten atrapados en matrimonios infelices —Julie negó con la cabeza—. A veces los miro y pienso que si hubiera permanecido casada, habría acabado como ellos. Por suerte, al cabo de los primeros seis meses, Kurt y yo supimos que no iba a funcionar. Nos estrechamos las manos y *sayonara*. Eso fue todo.

—Sí, y él se fue con una estudiante de dieciocho años con una cuenta bancaria de siete cifras...

—Vamos, Nora. Dime lo que piensas realmente.

Nora se echó a reír y Julie hizo lo mismo. Nora había estado tan ocupada con su trabajo que no había tenido tiempo para una aventura, pero siempre había estado dispuesta para apoyar a su amiga.

—No fue tu mejor decisión —le respondió con suavidad.

—¡No me digas! —Julie dudó un momento y confesó—: Se parecía mucho a Jake Danforth.

—Debió de ser doloroso admitirlo.

—No te imaginas cuánto —dijo Julie con un suspiro. Kurt Sommerfield había sido una equivocación fatal, pero ya estaba superado. Sin embargo, los problemas con Jake

Danforth persistían—. Ojalá no odiara tanto a Jake. Sería estupendo no pensar nunca en él. Durante mucho tiempo no lo hice, pero entonces apareció su mujer y... todo volvió.

—¿Le dijiste que conocías a Jake?

—¡Oh, no, por Dios!

—¿No es eso poco ético?

—No tuve tiempo de decírselo —respondió Julie apartándose el flequillo de la cara—. Tuvimos una sesión en la que no hizo más que lloriquear por su marido, del que no me dijo su nombre hasta que estaba a punto de marcharse. Me dijo la clase de bastardo que era, y yo le pregunté qué quería hacer al respecto. Entonces ella me confesó que ya lo había dejado. Le pregunté si querría asistir con él a una sesión; ella se negó en redondo y siguió despotricando una y otra vez —Julie hizo un gesto con la mano para indicar lo larga que había sido aquella consulta—. Al final sacó las cartas del tarot y yo pensé, ¿por qué no? Al menos sirvió para entretenerla un poco. Pero cuando escribió su nombre en el cheque, me quedé de piedra. Le pregunté si estaba casada con Jake Danforth, la estrella de la radio, y ella dijo: «No, estoy casada con Jake Danforth, el hijo de perra» —hizo una pausa y se encogió de hombros—. No estuve del todo segura hasta que oí cómo el propio Jake lo confirmaba en el programa. Y esa fue la única vez que vi a su mujer.

—Bueno, seguramente pronto dejará de meterse contigo y con los de tu calaña.

—¿Mi calaña?

—Tus médiums, videntes y psicólogos de pacotilla —Nora esbozó una amplia sonrisa. Su expresión recordaba las caras sonrientes que había pintado en los pasteles—. Así que, con suerte, no tendrá que asesinarlo.

—Al menos puedo entretenerme planeándolo.

—A propósito… si lo odias tanto, ¿por qué escuchas su programa?

—Por puro masoquismo.

Al día siguiente Julie se levantó bastante tarde. Soltó un gemido al ver la hora y se apresuró a lavarse y a vestirse. Agarró otro de los pastelillos de Nora de camino a la puerta, y lo mantuvo entre los dientes mientras conducía como una maníaca su pequeño Volkswagen. Atravesó Glisan tan rápido como lo permitían los semáforos, avanzando en zigzag hacia la calle Veintiuno, al noroeste de Portland. Su oficina estaba en la segunda planta de un edificio, escondida tras un moderno salón de manicura donde se servía té aromático. La mitad de sus clientes iban a arreglarse las uñas, antes de la consulta con su asesora matrimonial, y a ninguno parecía importarle que la propia Julie hubiera pasado por un matrimonio fallido y que no tuviera intención alguna de volver a repetir la experiencia.

Al entrar en su oficina, conectó el aire acondicionado, un viejo aparato colocado en la ventana, que emitía un ruido ensordecedor. Los lujos y las comodidades no eran lo suyo, pero ella prefería mantener los precios bajos. Aun así, la sorprendía el alto nivel adquisitivo de algunos de sus clientes. Incluso el más rico de los ricos odiaba pagar a cambio de consejos matrimoniales, sobre todo si era inminente un divorcio carísimo.

La luz del contestador automático parpadeaba en el teléfono. Julie apretó el botón, y se le puso la carne de gallina al oír la voz familiar que resonó en la habitación.

—Hola, soy Jake Danforth. Mi ex esposa me ha dado su nombre, como la «psicóloga» que la ayudó a divorciarse —el modo en que pronunció la palabra «psicóloga» hizo que a Julie le hirviera la sangre en las venas—. Señorita Sommerfield, ¿le gustaría asistir a mi programa? Seguro que a mis oyentes les encantaría oír algunos de sus consejos.

Julie apagó el contestador y se sentó. Tenía el pulso frenético y por un momento no pudo creerse lo que acababa de oír. Escuchó el mensaje una segunda vez, y una tercera.

Se recordó a sí misma que Jake no sabía quién era ella. Volvió a escuchar el mensaje una vez más, y apuntó el número. Lo estuvo mirando durante largo rato, hasta que finalmente esbozó una sonrisa y marcó los números.

—¿Diga? —preguntó él con su voz sedosa.

—Señor Danforth —dijo ella, arrastrando las palabras con un marcado acento sureño—, me encantaría discutir mis métodos terapéuticos en su programa matinal. A pesar de que ha sido un poco duro conmigo, soy una gran admiradora suya.

—¿En serio? —Jake parecía asombrado, y ella no podía culparlo—. ¿Qué le parece el viernes?

—El viernes sería perfecto. Estoy impaciente por acudir.

Colgó antes de que él pudiera decir algo más y se recostó en el sillón, con una mano en el pecho. El corazón le latía furiosamente.

¡Se le presentaba una nueva forma de asesinato en la que ni siquiera había pensado!

Capítulo dos

EL viernes amaneció triste y gris. El buen tiempo que había durado hasta finales de octubre empezaba a dar paso a un clima más propio del norte. Julie saltó de la cama, se dio una ducha rápida, se secó la melena, lisa y marrón, y se cepilló los dientes hasta que le dolieron las encías. Luego, se aplicó con cuidado una espesa capa de maquillaje. Iba a la radio, no a un plató de televisión, pero eso daba lo mismo. Lo importante era que iba a ver a Jake Danforth, por lo que debía tener su armadura a punto.

Al terminar, se echó hacia atrás y se contempló en el espejo. La sombra de ojos y el rímel definían sus bonitos ojos azules, otorgándoles un aspecto insinuante y misterioso. También se había aplicado una generosa capa de pintalabios, y frunció el ceño preguntándose por qué los habría hecho parecer tan apetitosos. En cuanto a las mejillas, había bastado con un ligero toque de colorete, y tampoco tuvo problemas para ocultar las pecas que le cruzaban la nariz. Decidió que tenía la barbilla demasiado puntiaguda, lo que sin duda era un signo de su irremediable cabezonería, pero aun así le gustó su aspecto en general.

Por desgracia, seguía pareciéndose a Juliet Adams.

De repente, la idea de enfrentarse a Jake Danforth le congeló la sangre. ¿En qué habría estado pensando? No podía presentarse en su programa y exigir una explicación. ¡Por Dios, Jake se la comería viva!

En un ataque de furia, se quitó el vestido rojo y lo arrojó al suelo.

«¡Soy una completa imbécil!», pensó.

Rebuscó en el armario y encontró un jersey negro y holgado y una falda larga, también negra. Se vistió rápidamente y se deshizo el peinado. Entonces volvió a mirarse en el espejo del baño.

Seguía siendo Juliet Adams.

Soltó un gruñido y se puso unas botas negras que le llegaban hasta las rodillas. Se echó el pelo por la cara, casi ocultándose los ojos. Su aspecto le recordó a Itt, de *La familia Adams*, lo que la hizo sentirse mejor. Después de todo, era una Adams.

Pero, aunque tuviera el pelo despeinado y enmarañado, seguía siendo Juliet Adams. Una Juliet Adams con aspecto horrible, pero Juliet Adams al fin y al cabo.

Y entonces se le ocurrió una idea.

Agarró el bolso y corrió hacia la cocina. En la encimera estaba el sombrero de bruja de Nora; el que pensaba lucir en Halloween, mientras estuviera vendiendo pasteles en la feria benéfica de Waterfront Park.

Pero aquel viernes no iba a necesitarlo.

Julie se lo puso e inclinó la cabeza. No era un mal disfraz, pero entonces se fijó en unas estrafalarias gafas negras con tiras blancas y rojas por lentes, ambas con pequeños orificios para los ojos. Al ponérselas, Julie estuvo irreconocible. Horrorosa, pero ya no era Juliet Adams.

Esbozó una amplia sonrisa. ¡Que Jake Danforth intentara adivinar quién era!

—Nuestra invitada especial estará aquí a las ocho —comunicó Jake a la audiencia mientras miraba el reloj. Eran las ocho menos cinco. A todos los invitados se les pedía que estuvieran en el estudio con una hora de antelación, para así tener tiempo de preparar la entrevista. Pero a la señorita Julie Sommerfield no. Jake no estaba dispuesto a tener la menor compasión. Cuando hubiese acabado con ella, dejaría que sus oyentes acabaran con las sobras…

A Jake no le remordía la conciencia. Julie Sommerfield había aceptado la invitación a su programa, por lo que tendría que estar preparada para afrontar las consecuencias.

DeeAnn también consultó la hora y miró a Jake negando con la cabeza.

—Bien, amigos —dijo Jake cuando solo faltaban dos minutos para las ocho—. Parece que nuestra invitada ha decidido dejarnos plantados. Me sentiría muy dolido si no fuera por lo que me dijeron esta mañana las cartas del tarot. DeeAnn, ¿podrías traérmelas? —revolvió varios papeles de la mesa, fingiendo que buscaba la baraja de cartas que había llevado al estudio—. Espera un momento... Ah, aquí están. Vamos a ver... —le sonrió a DeeAnn y adoptó una expresión de preocupación—. Oh, parece que nuestra invitada de esta mañana no podrá venir. Ha tenido que marcharse de viaje y... no, espera. Ha sido abducida por alienígenas. ¿Es eso lo que quiere decir esta nave espacial, Dee?

—Eso parece —respondió ella secamente.

Colin, uno de los productores del programa, abrió la puerta y le dijo algo a Jake, le hizo un gesto de aprobación con el pulgar y se apartó para permitirle la entrada a alguien en la cabina insonorizada.

—Esperad un momento —dijo Jake acercándose al micro—. Me parece oír algo... ¿Es eso una nave espacial, Dee? Sí, creo que sí... Vaya, parece que nuestra invitada, la señorita

29

Julie Sommerfield, va a hacer su aparición, después de todo. La nave alienígena la ha soltado en nuestro estudio —giró la silla para verla mejor.

Para su asombro, la mujer que entró en la cabina iba vestida de negro de los pies a la cabeza. Llevaba un sombrero de bruja por encima de las cejas y unas gafas de broma sobre la nariz. Lo único visible de su rostro eran sus labios y su barbilla. El mentón era puntiagudo, característico de una persona terca y obstinada, y los labios... carnosos, apetitosos, y pintados con un repugnante color gris. Los mantenía apretados en una expresión adusta. Estaba claro que Julie Sommerfield no era una persona muy alegre.

—Bienvenida —le dijo Jake—. Siéntese y DeeAnn le colocará el micro. Para todos los que no podéis ver a nuestra encantadora invitada, sabed que ha acudido disfrazada de bruja. Supongo que se debe a Halloween y no a una insinuación sobre su carácter, Julie.

DeeAnn colocó con cuidado unos auriculares sobre el sombrero de bruja, aplastándoselo, y le enganchó un micrófono a la camisa negra.

—Ambas cosas —respondió Julie lentamente.

Jake esbozó una media sonrisa. Estaba

seguro de que aquel acento sureño no era el suyo en realidad.

—¿De modo que es una bruja?

—Me han llamado muchas cosas, sobre todo usted, señor Danforth.

—*Touché*, señorita Sommerfield —se moría de ganas por quitarle el sombrero y las gafas, tan grande era su curiosidad por ver el rostro de Julie Sommerfield. Miró los pilotos de las líneas telefónicas, que parpadeaban frenéticamente—. Mis oyentes quieren hacerle unas cuantas preguntas. Esperamos que pueda aconsejarlos sobre sus relaciones.

—Por supuesto.

Julie tragó saliva. Empezaba a sentirse incómoda, ¡y no llevaba allí ni cinco minutos! Todo era por culpa de Jake. ¿Por qué demonios tenía que ser tan atractivo? Estaba guapísimo con aquella radiante sonrisa que mostraba una reluciente dentadura, unos vaqueros desgastados de color azul, una camisa blanca con los puños arremangados, dejando ver unos antebrazos fuertes y bronceados. Tenía el pelo demasiado largo para la moda actual, y le rozaba el cuello de la camisa. Y sus ojos... azules e intensos, enmarcados por unas largas pestañas que Julie tan bien recordaba de su adolescencia.

Todo en Jake Danforth era perfecto, y por mucho que ella se esforzara por negar sus virtudes no conseguiría hacerlas desaparecer.

—Yo también quiero hacerle algunas preguntas, señor Danforth —estaba exagerando el acento, pero ¿qué importaba? Mientras él no sospechara quién era, estaría a salvo.

—¿Ah, sí? Bien, oigamos la primera —le dijo, en un tono que la irritó bastante.

—Su mujer me explicó las razones de su divorcio. ¿Cuál es su opinión al respecto, señor Danforth?

—Llámame, Jake. Creo que podemos pasar por alto las formalidades.

—De acuerdo, Jake —Julie dudo un instante—. Tú puedes llamarme señorita Sommerfield.

Jake la miró con las cejas arqueadas. Echó la cabeza hacia atrás y soltó una carcajada.

—De acuerdo —aceptó con una adorable sonrisa. Julie apretó los dientes. Había olvidado lo encantador que podía ser Jake—. Muy bien, señorita Sommerfield. ¿Quieres saber por qué nos divorciamos? Diferencias irreconciliables. A menudo pensé en superarlas, pero ella era demasiado distinta.

—Eso es un punto a su favor, creo —dijo Julie con una sonrisa remilgada.

—Puede. Así que eres psicóloga. Y asesora matrimonial... —dijo con un tono de exagerado escepticismo.

—En efecto.

—¿De dónde eres?

—Del sur.

—¿Ah, sí? ¿Podrías ser más específica?

—¿Qué tiene eso que ver con mis credenciales?

—No lo sé —dijo él rascándose la barbilla—. Me resultas familiar, y me preguntaba si nos habíamos visto antes.

A Julie le dio un vuelco el corazón.

—¿No nos estamos desviando del tema?

—No lo sé. ¿Cuál es el tema?

Se estaba burlando de ella, incluso coqueteando, y Julie no podía soportarlo. Miró el reloj, preguntándose cuánto duraría aquella broma. Temía que en cualquier momento llamase alguien que la conociera y lo echara todo a perder.

—Estábamos hablando de tu divorcio.

—Mira cuántas llamadas tenemos. La gente quiere preguntarte sobre eso mismo —alargó la mano para pulsar uno de los botones iluminados. Julie contuvo la respiración, pero, por suerte, DeeAnn negó con la cabeza y Jake retiró la mano. Se recostó en la silla y examinó a Julie detenidamente—. Dices ser una asesora matrimonial, pero a mi ex mujer le echaste las cartas del tarot. ¿También lees las estrellas y las hojas de té?

Julie deseaba explicarle que fue Teri

Danforth quien le llevó las cartas del tarot, pero no quería dar la impresión de que se excusaba. Tenía el presentimiento de que Jake la atacaría sin piedad si lo hacía.

—Sobre todo me limito a escuchar los problemas de mis clientes y ayudarlos a superar sus preocupaciones y miedos. Muchas veces, la gente solo busca una dirección que tomar.

—Divorciarse o no divorciarse, esa es la cuestión.

—Algo así —admitió ella—. He oído que tu matrimonio fue muy desdichado durante mucho tiempo.

—¿Escuchas mi programa?

—Si tu emisora está sintonizada en la radio del coche cuando voy conduciendo, no siempre cambio de dial.

Él volvió a sonreír, irritándola aún más.

—Eres una admiradora. Reconócelo.

—No.

—Apuesto a que sintonizas la emisora antes de que empiece el programa y que lo escuchas hasta el final.

—Tu ego es enorme, señor Danforth.

—Jake —la corrigió él—. Has estado llamando para conseguir las tres tazas de café con mi foto que sorteamos, ¿verdad?

—¡Claro que no!

—Ahhh... pero no las conseguiste. Oh, ya

34

veo. Tranquila, señorita Sommerfield. Por casualidad, tengo una aquí mismo —sacó una taza del estante que tenía bajo la mesa y se la tendió a Julie. Era negra, con la imagen de Jake en trazos blancos y con el número de la emisora.

—Intentaré no romperla —dijo Julie muy rígida, lo que le valió otra amplia sonrisa de Jake.

—Entonces, ¿qué es lo que haces en su trabajo? —le preguntó, adoptando un tono de negocios—. Cuando sus clientes llegan a tu consulta, ¿les haces tomar asiento o se tumban en un diván para contarte sus problemas?

—A veces se sientan y otras se quedan de pie.

—¿De pie?

—Y caminan de un lado para otro.

—¿No se estiran en el sofá? —Jake se reclinó en la silla y Julie no pudo evitar fijarse en sus largas piernas, su vientre liso... y el bulto de su entrepierna—. ¿Empiezan hablando de la infancia, desde el comienzo del matrimonio, o de qué?

—De lo que sea. Me hablan de cualquier cosa.

—Y tú les aconsejas —ella asintió—. ¿Le aconsejaste a mi mujer que me dejara?

—No creo que sea buena idea hablar de tu

ex mujer, señor Danforth.

—Como quieras... ¿Puedo preguntarte, al menos, cuántas veces estuvo en tu consulta?

—Solo una.

—¿Solo una? —repitió, claramente sorprendido.

—Solo una —confirmó ella.

—¿Alguna vez has atendido a miembros de una misma pareja?

—Sí, muchas veces.

—Entonces, ¿podrías aconsejarme a mí ahora?

Julie lo escudriñó a través de los orificios de las gafas. Eran muy incómodas, al igual que el sombrero, y estaba deseando quitarse ambas cosas.

—Creo que ya estás divorciado, y, por tanto, no formas una pareja con tu ex.

—Cierto —Jake pareció pensar en esa cuestión—. ¿Crees que debería tener otras citas? Ya han pasado dos meses.

—Supongo que eso depende de cómo te sientas —las botas le apretaban los dedos de los pies, y tuvo que retorcerse en el asiento para calmarse.

No la ayudó que Jake pareciera tan tranquilo y seguro de sí mismo, ni que sus musculosos y morenos antebrazos hicieran sonar en su interior la voz de alarma femenina.

Aquel hombre emanaba una atracción irresistible por cada uno de sus poros, pero ¿qué le pasaba a ella? ¿Acaso no había superado la obsesión del instituto?

—Bueno, la verdad es que me siento preparado —dijo él—. ¿Por qué no? Ya he hablado bastante de mi divorcio en este programa y, para ser sincero, empiezo a estar harto. Creo que es el momento de probar algo nuevo —le sonrió a Julie, quien sintió un intenso escalofrío—. ¿Qué ha sido eso?

—¿El qué?

—Has hecho un ruido.

—Yo... no —negó ella, un poco desesperada. ¿Había hecho un ruido? Deseó con todas sus fuerzas que no hubiera soltado un gemido...

—Presiento que no estás de acuerdo con mi decisión.

—¿Qué decisión?

—Volver a salir con mujeres —dijo él, mirándola como si fuera una estúpida.

Julie tragó saliva.

—Señor Danforth, creo que esa respuesta la debes buscar en tu interior. Todos perseguimos el bienestar emocional, pero cada uno sigue sus propias necesidades.

—Eso me suena a la típica chorrada psicológica. ¿De verdad la gente paga por eso cuando va a tu consulta?

Julie lo miró con ojos entornados.

—¿Me estás insultando, señor Danforth?

—Solo he hecho una pequeña observación, señorita Sommerfield.

—Por lo visto, me has invitado para divertirte a mi costa. Pensaba que sería para un propósito más constructivo.

Aquel comentario hizo que Jake se inclinase repentinamente hacia delante y mirara a Julie con soberbia. Muy rara vez sus invitados se atrevían a desafiarlo, incluso cuando él se empeñaba en irritarlos.

—Mi divorcio ya se ha consumado, y, ciertamente, mi matrimonio acabó mucho antes de la separación oficial. Mi pregunta es: ¿debería volver a salir con mujeres?

—Me resulta muy difícil responderte, teniendo en cuenta que acabamos de conocernos.

—Pero Teri, mi ex, debió de ponerte al corriente. ¿Puedes darme una fecha aproximada? ¿Debería empezar ahora o esperar a la primavera? ¿He esperado demasiado tiempo? ¿Qué?

Julie apretó los dedos en las palmas. Jake le estaba preguntando si debería volver a tener citas, y por alguna razón el recuerdo de aquella noche del baile de graduación vibraba en su cabeza. ¡Cielos! Se sentía como una esposa celosa.

—Tal vez deberías... esperar.

—¿Esperar?

—Ajá... seguramente... eh... aún estés sufriendo por el divorcio.

—¿Sufriendo? ¡No lo creo! —negó él, casi a punto de reírse.

—Eres capaz de reírte de tu divorcio en tu programa, pero tengo la sensación de que todo es puro teatro.

Jake la miró con detenimiento y ella contuvo la respiración.

—Cada mañana hablo de esto a mis oyentes. Si estuviera sufriendo, no sería capaz ni de mencionar el tema.

—Hablas como si ya hubieras tomado tu decisión —dijo ella—. Con frecuencia es así como ocurre. Las personas, lo sepan o no, ya han empezado a caminar en una dirección antes de venir a verme.

—Pero me has sugerido que espere...

—Solo digo que deberías reconsiderar todas esas... chorradas emocionales.

Jake se relajó. Esa Julie Sommerfield era todo un caso.

—Entiendo... —dijo, golpeándose los botones de la camisa con un bolígrafo—. Cuando hablas, no te gusta dejar nada ningún cabo sin atar, ¿eh?

—Me has pedido mi opinión y yo te la dado.

—No… —negó lentamente con la cabeza, clavándole su intensa mirada azul. Julie se alegró de haber ido disfrazada—. Eres la típica terapeuta. Nunca tomas una decisión real. Si me dijeras que tengo que salir con mujeres y sufriera alguna terrible experiencia, tú podrías ser la responsable. Así que optas por permanecer sentada y murmurar tonterías como: «Pasa a la acción solo cuando te sientas comprometido del todo», o «concéntrate en la energía positiva». Para serte sincero, si te pagara por una sesión así, me sentiría estafado.

Julie apretó la mandíbula hasta que le dolió. Tuvo que hacer un esfuerzo para separar los dientes y hablar.

—Entonces, supongo que ambos somos afortunados de que no seas cliente mío.

Los dos se miraron en silencio durante un par de segundos.

Todas las luces de las líneas telefónicas parpadeaban frenéticamente, como si los oyentes estuvieran desesperados por gritar sus opiniones. Finalmente, Jake apartó la mirada y pulsó un botón al azar.

—Hola, estás en el aire.

—¿Jake?

—Sí, señorita. ¿Cómo te llamas?

—Tracy. Solo… solo quería decir que si quieres tener una cita, estoy disponible para ti, cariño. Soy una máquina de amor de un metro ochenta, y llevo en el trasero un tatuaje con tu nombre.

Julie miró anonadada la luz de la línea uno, como si esa Tracy fuera a materializarse en el estudio. Nunca dejaría de sorprenderla el trato que los desconocidos podían dispensar a las celebridades, o incluso a seudocelebridades como Jake Danforth.

—Vaya, gracias, Tracy —dijo él—. La temperatura en la emisora había alcanzado su punto más bajo y nos estábamos helando. Es agradable que nos lleguen ideas más cálidas.

—Hablo en serio, cariño. Solo tienes que decirlo y seré tuya.

—Deja que lo piense —dijo Jake con una sonrisa—. Tenemos otra llamada —pulsó el botón de la segunda línea.

—¡Dile a esa bruja que se monte en su palo de escoba y se largue de ahí enseguida! —declaró una voz, muy indignada.

—Parece que se le ha olvidado su medio de transporte —respondió Jake mirando a su alrededor, como para asegurarse de que Julie no hubiera aparcado su escoba donde él no pudiera verla. Julie apretó los puños hasta que los nudillos se le pusieron blancos.

—Quiero hacerle una pregunta... Dime, señorita, ¿no sabes que estás hablando con el hombre más sexy de la radio? ¿Y solo te ocurre insultarlo? ¡Lo tuyo es un serio problema, cielo!

Julie quiso arrastrarse bajo la mesa. Aquello no iba bien. Nada bien. Si tenía que enfrentarse a todas las oyentes de Jake, una por una, no podría sobrevivir a esa mañana. Miró el reloj y vio que solo habían pasado veinte minutos de programa.

Estaba condenada.

—¿Señorita Sommerfield? —la llamó alegremente Jake, al ver que ella no respondía.

—Supongo que a usted pueda sonarle como un insulto... —le dijo Julie a la furiosa mujer. Cada vez de sentía más acalorada.

—¡Pues claro que es un insulto! —la acusó la mujer—. ¿Cuáles son tus credenciales? Todo el mundo sabe que la ex de Jake está chiflada... Lo siento, Jake.

—No pasa nada. Es tu opinión.

—Cielo, has representado a la mitad chiflada de ese matrimonio. Jake es el que está cuerdo. ¿En serio tienes experiencia para tratar a los locos?

Julie carraspeó antes de hablar.

—La señora Danforth acudió a mí en busca de ayuda para su divorcio. Fue muy agradable y profesional —mintió Julie, recordando el incontrolable llanto de Teri Danforth.

—Estás mintiendo —intervino Jake—. Pero, bueno, al menos estás protegiendo a una clienta. Tal vez eso tranquilice al resto de tus pacientes.

—Jamás revelo las confidencias de nadie —dijo ella duramente.

—¿Qué le ha pasado al acento del sur? —le preguntó él con curiosidad. Una amplia sonrisa curvaba sus labios.

Julie sintió deseos de darse una bofetada. ¡Maldito Jake! Había conseguido hacerla titubear. Necesitaba hacer algo, y pronto.

—El acento forma parte de mi disfraz —declaró con una sonrisa forzada. Miró otra vez el reloj. Casi había pasado media hora.

Jake siguió la dirección de su mirada.

—Señorita Sommerfield, se nos acaba el tiempo y apenas hemos escarbado en la superficie. ¿Alguien más tiene alguna pregunta concreta? Sobre el divorcio, el matrimonio, el amor fracasado…

DeeAnn, que estaba comprobando las llamadas, levantó tres dedos y Jake pulsó el botón de la línea tres.

—¿Hola? —saludó por el micrófono.

—¿Jake? —era la voz de un hombre.

—El mismo.

—Tengo una pregunta.

—Dispara.

—¿Por qué las mujeres son todas unas brujas codiciosas? Cuando te huelen el dinero, ¡te dejan seco!

43

Jake miró a DeeAnn, que parecía atolondrada. Por lo visto, aquella no había sido la pregunta original que el hombre le había formulado. Se produjo un breve silencio, hasta que finalmente Jake se volvió hacia Julie.

—Siendo una bruja, tal vez tú puedas contestar a esa pregunta.

—Lo siento, señor —dijo ella—. ¿Cuál es su nombre?

—Earl.

—Bien, Earl, las generalizaciones y los comentarios ofensivos no siempre tienen buenos resultados en una pareja —señaló ella—. Llamar «brujas» a todas las mujeres no es un buen comienzo para establecer la comunicación, si sabe a lo que me refiero. ¿Se refiere usted a una mujer en concreto?

—¡Es una bruja con letras mayúsculas!

—¿Es su mujer?

—¡No, tan pronto como pueda librarme de ella! ¡Y no pienso darle ni un centavo!

Julie miró a Jake.

—¿Algún consejo para nuestro oyente? —le preguntó él. Parecía a punto de soltar una carcajada.

¿Qué podía hacer?, pensó Julie. Desde luego, no arremeter contra ese hombre, después de haberle dicho que los insultos no arreglaban nada.

—Earl, creo que se le presenta un difícil

camino por delante. Dependiendo del tiempo que sus abogados tarden en solucionarlo todo, es probable que el dinero se lo queden ellos en vez de su mujer.

Earl masculló algo incomprensible, y DeeAnn cortó la llamada antes de que pudiera expresarse mejor.

—Bueno, Portland —dijo Jake al micrófono—, la señorita Sommerfield tiene que marcharse ya, pero antes... tengo aquí unas cartas del tarot. Tal vez podamos aprender algo —agarró la baraja y sacó una carta—. Oh, mira esto. La Reina de Copas. ¿Qué puede significar?

Julie miró aterrorizada el colorido mazo de cartas. Abrió la boca para decirle que no leía el tarot, pero él la interrumpió rápidamente:

—Me parece que nuestra invitada está inquieta, y, por qué no decirlo, resulta muy atractiva.

—Dame eso —dijo ella, quitándole las cartas. Al rozar sus dedos un intenso hormigueo le subió por el brazo, pero Julie intentó ignorarlo.

Barajó las cartas y las extendió sobre la mesa, tal y como había visto hacer a Teri. No tenía ni idea de lo que estaba haciendo, pero Jake no lo sabía, y si él estaba dispuesto a jugar con el tarot, estupendo. Ella podía seguirle el juego.

Jake enarcó las cejas ante su repentina capitulación. Fue a decir algo, pero Julie levantó una mano.

—Oh… —murmuró ella en tono desesperado, chasqueando la lengua.

—¿Qué pasa? —Jake movió su silla y se colocó al lado de ella. Julie pudo sentir el calor que emanaba de su piel, y no quiso levantar la mirada hacia esos increíbles ojos azules.

—El Colgado.

—Ya veo. ¿Qué significa?

«Y yo qué sé», pensó Julie rascándose la barbilla.

—En este caso tiene que ver con tu situación laboral.

—¿A qué te refieres con «en este caso»?

—Mmm… Según las cartas, va a ocurrir algo en tu trabajo. Y no será bueno.

—¿Puedo hacer algo al respecto?

—Me temo que no —se inclinó más para que el ala del sombrero le ocultara el perfil—. Oh, y tu pelo…

—¿Qué pasa con mi pelo?

—No le queda mucho tiempo. La típica calvicie masculina… Claro que siempre puedes hacerte un injerto, o si eso también falla, cubrirte con el poco pelo que te quede.

—¿Puedes leer todo eso en las cartas? —preguntó él. Julie sentía su respiración tan cercana que empezó a abrasarse. Su aliento era limpio y mentolado. ¿Por qué no podía oler a perros muertos? ¿Por qué no podía tener ni un defecto en su condenado físico?

—Sin embargo, parece que lo peor es tu problema de salud...

—¿Problema de salud? ¿En qué carta lo dice?

—Los Amantes.

—¿Los Amantes? ¿Y dónde está esa carta?

Julie aún no la había encontrado. Quería gritarle que se apartara, pero se concentró en las cartas.

—Aquí... oh, qué horror. Tienes ese problema que sufrís los hombres. Pero no temas, hay una píldora que... Empieza por «V». Unas pocas dosis y, quién sabe, a lo mejor quedas como nuevo.

—Vaya —dijo él—. ¿La lectura de mi ex fue igual de mala o solo la mía?

—Solo la tuya. Oh, y hay alguien que no piensa muy bien de ti —esbozó una sonrisa hipócrita—. Una mujer.

—¿Y quién podría ser? —preguntó él tranquilamente.

De pronto, Julie temió haber ido demasiado lejos. DeeAnn la miraba como si fuera una aparición del Infierno, y se notaba que Jake estaba furioso a pesar de su expresión.

—¿Qué esperas de una psicóloga que ha conseguido su título en una tómbola?

Jake tuvo la decencia de parecer avergonzado. DeeAnn hizo un rápido gesto para poner fin a aquel enfrentamiento, y Julie saltó de la silla mientras Jake les prometía a sus oyentes que el lunes próximo tendrían tiempo para hablar de su encantadora invitada, Julie Sommerfield.

Ella no quiso esperar a despedirse. Murmuró un agradecimiento y salió por la puerta, antes de que Jake tuviera tiempo para quitarse los auriculares. Se escurrió como el ratoncillo en que se había convertido y apretó el botón de llamada del ascensor.

—Vamos, vamos, vamos —murmuró frenética. Demonios, ¿por qué tenían que ser tan lentos esos chismes? Quería ponerse a gritar y golpearse a sí misma por haber sido tan estúpida y vulnerable.

Finalmente se abrieron las puertas y Julie se deslizó en el interior. Justo entonces apareció Jake por el pasillo. Julie pulsó el botón de bajada, rezando para que la maldita máquina respondiera enseguida. Cuando las puertas retumbaron y empezaron a cerrarse, fue vagamente consciente de que había otro pasajero en el ascensor.

Cerró los ojos y se apoyó contra la pared. No podía hablar con nadie. Solo quería llegar a casa, tirarse en la cama, cubrirse con las mantas y fingir que todo aquello no había sucedido.

—Por lo visto, Jake Danforth tenía razón —dijo una voz femenina a su lado—. Realmente pareces una bruja.

Julie se giró y se encontró con una mujer de mediana edad. Tenía el pelo teñido de rubio, una lujosa piel por los hombros, altos tacones rojos y un lifting en el rostro que hacía que sus ojos parecieran los de un gato siamés. Le echó a Julie una mirada que habría podido derretir el amianto.

Aquello era el colmo.

—Lo mismo digo —murmuró ella, justo cuando el ascensor llegó a la planta baja. Salió y se dirigió rápidamente hacia el aparcamiento, sabiendo que posiblemente aquel comentario descortés le pasara factura, pero contenta de haberlo hecho.

De repente se detuvo en seco, horrorizada.

Jake Danforth estaba esperándola en la salida, y no parecía contento en absoluto.

Capítulo tres

CÓMO has bajado tan rápido? —le preguntó Julie. Intentó pasar a su lado, pero él no se movió ni un centímetro.

—Por las escaleras.

—Has debido de bajar los escalones de dos en dos.

—De tres en tres.

Julie esperó incómoda a que se explicara con más detalle, y al no hacerlo abrió la boca para despedirse. Pero entonces llegó el desastre.

Tap, tap, tap… La señora del ascensor se acercaba a ellos sobre sus altos tacones, con una expresión adusta en su rostro felino.

—Hola, Jake —lo saludó secamente—. Sigues teniendo interesantes personajes en tu programa, ¿no?

Julie se encogió bajo el jersey y la falda, dando gracias al Cielo por su disfraz. Al menos, le daba algo de protección.

—Hola, Beryl. Sí, supongo que sí.

—Pregúntale por el comentario que ha hecho de mí —añadió la mujer en tono altivo.

Jake pasó la mirada de Beryl a Julie, perplejo.

—De acuerdo.

—Disculpa —la mujer puso una mano en el hombro de Julie, como indicándole que quería pasar por la puerta, pero le dio un pequeño empujón y Julie se tambaleó.

Jake la agarró con sus fuertes manos y la enderezó.

—Perdona —murmuró Julie, apresurándose a retroceder.

—¿Qué le has dicho a Beryl?

—Más bien ha sido lo que me dijo ella a mí —respondió Julie enojada, pero al momento su coraje la abandonó—. Yo me limité a contestarle lo mismo. Me dijo que parecía una bruja, y no de un modo muy agradable.

—Tú no pareces una bruja.

—Pero ella lo dijo en serio —insistió Julie—. Así que yo también se lo dije.

Jake la miró con una mezcla de espanto y admiración.

—¿Le has dicho a Beryl Hoffman que parece una bruja?

«Fue ella quien empezó», quiso decir Julie, pero se contuvo.

—¿Quién es Beryl Hoffman?

—La mujer del dueño de la emisora.

—Ohhh…

Jake no sabía si echarse a reír o enfurecerse. Señaló con la cabeza la cafetería que había en el vestíbulo.

—Deja que te invite a una taza de café.

—Oh, no. Tengo que irme ya.

—Solo serán veinte minutos.

Julie dudó un momento.

—Diez.

—Quince.

Julie echó una ojeada al aparcamiento a través de las puertas giratorias de cristal. Su Volkswagen seguía allí, esperándola. Pero de repente sentía la obligación de disculparse ante Jake por su grosero comportamiento con la mujer del jefe. Se encogió de hombros a modo de afirmación, y siguió al enemigo a una pequeña mesa con cómodos sillones.

—Quince minutos —le advirtió.

Cuando se hubieron sentado, Jake apoyó los codos en la mesa y la miró seriamente.

—De acuerdo, sé que te debo una disculpa y tú a mí otra. Así que dejemos zanjado ese punto. Lamento haber sido un cretino —dijo, y esperó la respuesta—. Te toca, Julie —añadió cuando ella no pudo articular palabra—. ¿Por qué no te quitas ese disfraz de una vez?

Había sido una mañana muy extraña, y Jake sabía que no iba a mejorar hasta que hablara con la señorita Sommerfield. Sentado frente a ella, contempló su sombrero negro y las gafas de broma. El disfraz la cubría como si fuera una máscara. Lo único que podía ver bien era su boca. Se había pintado los labios de negro, y sus blanquísimos dientes relucían contra el contorno oscuro. Jake quería verla sonreír. Y quería verle el rostro.

—¿Cómo dices? —preguntó ella sin aliento.

—Hemos empezado con mal pie. Dije algunas cosas impropias en el programa y tú te desquitaste. Como ya te he dicho, lo siento. Mi ex mujer saca lo peor de mí.

Se produjo un silencio. Julie se llevó la mano al ala del sombrero. Por un instante Jake pensó que iba a quitárselo, pero no fue así.

—Supongo que... —balbuceó ella—, yo también lo siento.

—Me sorprende la fuerza de tus convicciones —dijo él secamente.

Ella se mordió el labio inferior. A Jake le resultaban muy familiares sus dientes. ¿La habría visto en un anuncio de televisión o en algún cartel publicitario?

—¿Y bien? ¿Qué pasa con el sombrero y las gafas?

Ella negó rápidamente con la cabeza.

—Creo que me hace falta la armadura.

—¿Armadura? ¿Tan malo soy?

—No, yo... Tengo que irme —miró a su alrededor—. Adiós, señor Danforth.

—Espera a que tomemos una taza de café. Y llámame Jake.

—Creo que no.

—Julie... —alargó un brazo sobre la mesa e intentó tocarle la mano, pero ella la mantuvo fuera de su alcance y la cerró en un puño.

—¿No tienes trabajo que hacer? —le preguntó ella, levantándose.

Jake también se puso en pie, y entonces los vio el camarero que estaba en el mostrador.

—Tienen ustedes que pedir el café aquí —apuntó al cartel sobre su cabeza que decía *Pidan las consumiciones en el mostrador*—, antes de sentarse.

—No vamos a tomar café —declaró Julie.

—Sí, vamos a tomar. Dos cafés. Uno sin leche y el otro...

—No vamos a tomar café —insistió ella.

—Que sea con leche y azúcar —le dijo Jake al camarero.

—¡Vas a tener que tomártelo tú! —le espetó Julie.

—Le gusta discutir —añadió Jake en tono confidencial—. Forma parte de su carácter.

—Ya... —el camarero los miró, como si fueran un par de chiflados.

—No voy a quedarme —siseó Julie, mientras el empleado servía el café en vasos de plástico para llevar.

Jake pagó y le tendió a Julie el suyo.

—¿Dónde está la leche? —preguntó ella mirando el líquido oscuro. El camarero puso una mueca de exasperación, y Jake señaló una jarra en el extremo del mostrador.

—¿Quién eres? —le preguntó, después de ver cómo se servía un poco de leche y se llevaba el vaso a los labios.

Ella se giró tan bruscamente que derramó parte del café hirviendo sobre su brazo. No emitió ninguna queja.

—¿Estás bien? —le preguntó Jake acercándose.

—Estupendamente.

—Lo siento —dijo él. Agarró una servilleta y la restregó contra la piel—. De verdad...

—No, no te molestes... —se apartó de él.

—¿De verdad estás bien? —el café le había dejado una mancha roja—. Parece doloroso.

—Estoy bien, de verdad que sí —miró al camarero como buscando su confirmación, pero el hombre se limitó a levantar las manos en gesto de rendición y a negar con la cabeza.

—Creo que arriba tengo una pomada —dijo Jake—. Hay un botiquín en el despacho del jefe y...

—¡No! De verdad. Por favor... —su tono

era casi de desesperación—. Tengo que irme ya —le suplicó, mirando el café que quedaba en el vaso.

—Deja que al menos te consiga una tapadera para el vaso —agarró una tapa de plástico, le quitó el vaso de la mano y se la colocó, antes de devolvérselo.

Ella lo miró por un momento, y entonces se dirigió hacia las puertas giratorias. Jake la siguió lentamente al aparcamiento. La vio subirse a su pequeño Volkswagen y esperó a que se marchara. Pero el coche no se movió.

—¿Algún problema? —le preguntó acercándose a la ventanilla del conductor, que estaba abierta unos centímetros.

—No arranca —reconoció ella. Aún llevaba puestas las gafas y el sombrero.

—¿Te has quedado sin gasolina?

—No.

—Mmm... ¿Por qué no abres el capó? Puedo echar un vistazo y...

—No, gracias.

—¿Tienes algún tipo de asistencia en carretera?

—Señor Danforth, de verdad que no quiero tu ayuda. Hemos empezado con mal pie, de acuerdo. Dejémoslo estar.

Jake la miró tan fríamente como ella a él. Quería arrancarle aquel disfraz, estar furioso con ella... Pero, por más que intentó alimentar su enfado, no lo consiguió. En el fondo sabía que lo ocurrido entre su ex mujer y él no había sido de Julie Sommerfield.

—Oye, lo siento. De verdad. No tendría que haberme dejado afectar por lo de Teri, y mucho menos hacértelo pagar a ti —le sonrió—. ¿De acuerdo?

—¿Es eso otra disculpa?

—¿Podemos intentar... ser amigos?

—¡Jake, eres el colmo! —masculló ella—. ¡No te crees ni la mitad de lo que dices! —volvió a girar el contacto y de repente el motor arrancó. Petardeó como los disparos de un rifle, y luego emitió un ruido ronco y desigual.

—Suena como si hubiera agua en el depósito —observó él.

—¡No lo entiendes! —chilló ella.

—¿El qué no entiendo?

—Nunca he confiado en ti. Eres... eres... ¡indigno de toda confianza!

—¿Nunca has confiado en mí? —repitió él, perplejo.

Julie metió marcha atrás, haciendo retroceder a Jake. Puso el coche mirando a la puerta y lo dejó en punto muerto.

—Adiós, señor Danforth.

—¿Por qué no te quitas ese disfraz y demuestras algo de coraje, en vez de esconderte tras tanto teatro?

—Mientas más te oigo, más convencida estoy de que tu mujer fue la más lista... ¡por divorciarse de ti!

—Bueno, eso solo es la mitad de la verdad. No se lo que te dijo a ti, pero yo le pedí que me dejara.

—No fue eso lo que me dijo.

—¿Te habló de su monitor de Tae Bo? —le preguntó Jake—. ¿El que lució su trasero por una casa ajena, que era la mía?

Como respuesta, Julie puso el coche en marcha y salió del aparcamiento. Al cruzar la puerta se quitó el sombrero y lo arrojó por la ventanilla, seguido de las gafas. Jake se acercó y los recogió, por si acaso decidía devolvérselos. Al levantar la mirada, llegó a ver la parte trasera del vehículo, antes de perderse tras una esquina.

Julie Sommerfield le había obsequiado con el más grosero de los gestos.

Al llegar a su plaza de aparcamiento, Julie apagó el motor y se apoyó contra el volante. Se sentía desnuda y vulnerable sin el disfraz. ¿Cómo podría haber ido peor la mañana?

Alicaída, agarró su maletín y subió las escaleras hasta su oficina. Carolyn Mathers estaba sentada en la sala de espera, con las piernas cruzadas y una expresión neutra, mientras se fumaba un cigarro.

—No se puede fumar en el edificio, Carolyn —le dijo Julie mientras abría con llave la puerta de su despacho.

—Estaba escuchando el programa de Jake Danforth —tomó otro calada, como si no hubiera oído la amonestación—. No has estado en tu mejor momento.

—No sabes ni la mitad.

—¿Es Jake tan guapo como aparece en ese anuncio de televisión?

—Es tan feo y horrible como un nido de serpientes.

Carolyn arqueó las cejas y la siguió a su despacho. Se sentó en uno de los dos sillones colocados junto a la ventana emplomada. La consulta tenía un aspecto muy acogedor que a Julie le encantaba, pero en esos momentos solo quería irse a casa y hundir la cara en la almohada.

—¿Qué tal Floyd? —le preguntó con voz cansina, pensando en el esposo de Carolyn.

—Eso no hará que me olvide de Jake Danforth —replicó ella. Se acomodó en el sillón, como si tuviera intención de quedarse horas allí—. Debería pasarme por su emisora y verlo.

—No creo que eso ayude en tu matrimonio —dijo Julie endureciendo la mandíbula.

Carolyn se inclinó hacia delante, con una expresión de satisfacción.

—¡Estás celosa! —exclamó con deleite.

—Oh, no. Por el amor de Dios, he...

—¡Sí, sí que lo estás! ¡Lo estás! —con la punta del cigarro dibujó un corazón en el aire. Le dio una última calada y lo apagó en el pisapapeles de granito. Julie tuvo que contenerse para no gritarle a su clienta más problemática.

—La última vez que hablamos, te sentías muy mal por el modo en que tratabas a Floyd —dijo entre dientes—. ¿Cómo van las cosas ahora?

—Pareces desesperada —dijo Carolyn—. ¿Qué intentas ocultar?

—Carolyn, no me cambies de tema.

—¿Pasó algo entre vosotros? ¿Mmm? Nadie puede veros en la radio...

—¿Quieres perder la hora de la consulta hablando de mí?

—Por Dios, chica. ¿Qué le ha pasado a tu pelo? Lo tienes... aplastado.

—Llevaba puesto un sombrero de Halloween.

—Oh, claro. Eso dijo Jake. Pero llevas un atuendo horrible, cariño —añadió Carolyn, mirando con desprecio el jersey negro de Julie—. ¿Y qué te ha pasado en el brazo?

—Una quemadura, Carolyn. Y no quiero seguir hablando de mí.

—¿Cómo te has quemado?

—Con café —Julie apretó los dientes—. Estábamos tomando café, entonces él dijo algo muy desagradable y yo me sobresalté y me derramé café en el brazo, ¿de acuerdo? ¿Podemos olvidarnos ya de Jake Danforth?

Carolyn la miró con una sonrisa y se llevó otro cigarro a los labios.

—Bueno, yo sí puedo... Pero ¿y tú? —encendió el mechero y lo acercó al cigarro sin apartar la mirada de Julie.

—La última vez que hablamos me dijiste que estabas penando en dejar a Floyd. Dijiste que ya no lo amabas y que ibas a hacer una lista de los pros y los contras de tu matrimonio. Dime cómo está la situación —le pidió Julie, viendo cómo se disipaba la nube de humo.

—¿Quieres saber lo que me hizo anoche en la cama? —preguntó Carolyn con una sonrisa maliciosa.

—No es algo en lo que me guste indagar —Julie no quería pensar en nada relacionado con el sexo; no mientras la imagen de Jake Danforth y de sus increíbles ojos azules estuviera fija en su cabeza—. ¿Cómo te has sentido con Floyd esta semana?

Carolyn sonrió y se estiró como una gata.

—Genial, sobre todo después de lo que me hizo anoche. ¿Alguna vez un hombre te ha subido a la luna?

Julie no hizo ningún comentario.

No le fue mucho mejor aquella tarde cuando su madre llamó por teléfono.

—¿Juliet? Odio molestarte en el trabajo.

—Mamá, por favor, me llamo Julie.

—No te bauticé como Juliet para que luego acortaras tu nombre, solo por ir a la moda —le dijo en tono quisquilloso, igual que llevaba haciendo treinta años.

—Lo sé, mamá, pero ¿podrías intentarlo, al menos?

—Cariño, no sé qué te ha pasado. Esta mañana te oí en la radio. ¿No era ese Jacob Danforth, el que vivía en nuestro barrio? ¿Cómo se llamaba su madre? ¿Alice?

—Alicia, mamá. Oye, tengo un cliente esperando —mintió Julie. La sala de espera estaba completamente vacía—. ¿Podríamos hablar más tarde? A menos que tengas algo importante que decirme...

—¿No tenían una pareja de perros con unos nombres muy curiosos?

—Eran un gato y un perro. Alka y Seltzer.

—Oh, eso es —pareció complacida al establecer la relación—. ¿Por qué estabas tan peleona con él esta mañana? Y esas cosas que dijiste de las cartas... No sabía que fueras adivina.

—Yo no... no...

—Bueno, Juliet, sabes que eso va a dar mucho que hablar. Seguro que hay gente que cree firmemente en esas cosas. Puede que te hayas metido en un terreno sagrado.

—Estamos hablando de las cartas del tarot —dijo Julie armándose de paciencia—. Al menos, eso creo. ¿De qué estamos hablando, mamá?

—De Jake Danforth. Deberías ser más amable con él. Es una celebridad de la radio.

—¿Por eso tengo que ser amable con él?

—Ya sabes a lo que me refiero.

—No, mamá. No tengo ni idea.

—¡Pues está muy claro! —replicó su madre exasperada.

Julie se quedó perpleja y sin palabras. Pero eso no importaba cuando era su madre con quien hablaba. Sus retorcidos pensamientos la hacían hablar sin parar, y no hacía falta intervenir en su estridente monólogo. Julie permaneció en silencio, mirando las cenizas que Carolyn había dejado en la alfombra. Se dijo a sí misma que ya era hora de comprar un cenicero. Tal vez así salvara el pisapapeles.

—... y entonces fue cuando le dije que lo echara a patadas de la casa —estaba diciendo su madre cuando Julie volvió a prestarle atención.

—¿Echar a quién?

—No estabas escuchando, ¿verdad, querida?

Julie miró las colillas de Carolyn y se preguntó si acaso hubiera sido mejor empezar a fumar. Sería bueno tener algún vicio, aunque era demasiado prudente como para probar ningún tipo de droga. Y no bebía más de una copa de vino de vez en cuando.

«El sexo... el sexo podría ser un vicio».

—Tengo que irme, mamá —murmuró. Tenía la piel de gallina. Había estado rememorando la experiencia con Jake en la casa de huéspedes...

Se acercó a la ventana y contempló el atardecer. Empezaron a caer gotas de lluvia, chocando como piedrecillas de plata contra el pavimento.

«Me dejas sin respiración», le había susurrado él, admirándola a la luz de la luna que entraba por la ventana. Ella se había dejado llevar por la emoción que le produjo el halago, y se deleitó en acariciarle la piel y besarle sus sensuales labios.

Por supuesto, todo eso fue antes de que la diabólica ex novia de Jake irrumpiese en la habitación y se pusiera a chillar como una histérica. ¡Menuda situación! El recuerdo la hizo temblar, y no se dio cuenta de que había emitido un ruido hasta que la voz de su madre la devolvió a la realidad.

—¿Juliet? ¿Estás bien?

—Nunca he estado mejor —respondió ella—. Y me llamo Julie, mamá.

De camino a casa cambió de emisora y sintonizó un canal de música country. La primera canción que escuchó fue el triste lamento de un vaquero por la mujer que lo había sustituido por un jinete de rodeo llamado Big John.

—Perfecto —murmuró Julie.

Al llegar a casa se alegró de ver en el aparcamiento el coche blanco de Nora, con el logo de Nora's Nut Rolls, Etc. Al fin pondría hablar con alguien que la comprendiera.

Pero todo lo que Nora dijo sobre el debut de Julie en la radio fue «interesante programa», aunque lo dijo de un modo que demostraba que se estaba callando mucho más.

Julie se sentó en un taburete alto y miró desolada la bandeja de galletitas con forma de murciélago.

—De acuerdo —le dijo a Nora—. Puedes decírmelo. ¿Estuve tan mal?

—Mmm...

—¿Por qué las galletas tienen que tener una sonrisa pintada? ¿Acaso todo tiene que sonreír?

Nora le ofreció una galleta, y Julie mordisqueó la cabeza del murciélago.

—¿Te parece que el glaseado está lo bastante negro? ¿No crees que solo es gris oscuro?

—Está negro del todo.

—¿Estás segura?

—Tan negro como lo que ese miserable de Jake Danforth tiene por corazón.

—¿Un mal día en el trabajo? —preguntó Nora.

—¿No oíste las cosas que me dijo? ¡Se merece que lo denuncie!

—Dijo que le gustaba la Reina de Copas.

—¿Te parece divertido?

—Un poco, sí.

—No fue nada original. Su sentido del humor es pobre e infantil —miró a Nora y se terminó la galleta—. A propósito, están exquisitas.

—Gracias.

—Pero ¿no podrían tener otra mueca? Quedarían mejor con una expresión cruel.

—¿Cómo van esos planes de asesinato? —le preguntó Nora frunciendo el ceño.

—Pensaba hacerlo hoy, en la emisora, pero las cosas no salieron como yo esperaba.

—Aún no sabe que fuiste tú.

—No, gracias al sombrero y a las gafas. Por cierto... eh... te debo un sombrero y unas gafas. Las tiré por la ventana en un gesto de desafío.

—Puedes comprarme otras en la feria de Halloween del sábado —Julie asintió—. Tal vez deberías hacerle saber que fuiste tú. Puede que entonces entienda un poco más.

—¿Entender qué?

—Entender por qué siempre eres tan... irascible.

—¿*Qué*? ¡Si soy irascible es porque él me ofendió a mí y a mi profesión!

—Eres irascible porque él hace repicar tus campanas.

—¡Nora!

—Es tu Romeo, Julieta. Siempre ha sido tu Romeo, cosa que tú no puedes soportar.

—Llevo todo el día aguantando comentarios como ese. Primero Jake, luego Carolyn Mathers, después mi madre y ahora tú. No me gusta y punto. Nunca me ha gustado. ¡Ojalá esa Teri Danforth nunca hubiera entrado en mi consulta con sus estúpidas cartas!

—Me gustó cómo las leíste. Muy concreto. Mucho más de lo que suelen ser los adivinos.

—¿Te refieres otra vez a «los de mi calaña»?

—La verdad es que estuviste muy divertida —dijo Nora—. No podía dejar de reírme en la tienda —de pronto se le ensombreció la expresión—. Hasta que entró Irving St. Cloud.

—¿Irving St. Cloud fue a Nora's Nut Rolls, Etc.? —por un momento, Julie se olvidó de sus propios problemas—. ¿Puso un pie en tu establecimiento?

—Fue solo una visita amistosa para informarme de que St. Cloud va a abrir un local en la misma calle que yo.

—¡Oh, Nora! —Julie estaba horrorizada.

—Sí... —Nora se volvió hacia un molde de harina y empezó a amasarlo.

—¿Puedo hacer algo? —le preguntó, viendo cómo su amiga golpeaba la masa como si su vida dependiera de ello.

—Puedes atraer a tu consulta a la ex mujer de Irving, hacer que lo demande y conseguir que le arrebate toda su cadena de pastelerías. Tal vez eso lo detenga.

—Bueno, sí... es solo que... yo trato de ayudar a la gente a que resuelva sus problemas —señaló Julie—. Por lo general no los animo a que se destrocen los unos a los otros.

—Lástima... —Nora siguió amasando con fuerza—. Parece que el asesinato es lo mejor.

—Definitivamente es una opción a considerar.

—Algo drástico, pero cada vez me gusta más.

—Si piensas que estuve divertida en el aire,

tendrías que haberme visto después —dijo Julie, más animada, y le contó lo que había pasado con la mujer del jefe. Nora se rio tanto que se le saltaron las lágrimas.

—¿Por qué no insulté a Irving St. Cloud cuando tuve la ocasión? —preguntó Nora en tono jocoso—. Podría haberle dicho que se parece a una gárgola.

—¿En serio?

—No... es... bueno, es guapo, por decir algo.

—Odio eso en los hombres —dijo Julie suspirando.

—Y yo —confirmó Nora, y las dos se zamparon en silencio unos cuantos murciélagos sonrientes.

Capítulo cuatro

Y cuándo vas a traer de nuevo al programa a esa bruja? —preguntó una de las oyentes—. Ya casi estamos en Halloween.

—Estoy trabajando en ello —dijo Jake consultando el reloj. No se sentía capaz de aguantar dos horas más…

—¿Es verdad que tu mujer quería que fueras a ver a esa médium?

—Psicóloga —corrigió él—. Mi ex mujer me lo sugirió una vez, es cierto.

—¿Por qué no fuiste?

—Tenía el presentimiento de que a Julie Sommerfield no le interesaría tratarme.

—¿Y entonces? ¿Sigues buscando esa cita…? —preguntó la mujer con una risita. DeeAnn señaló otra línea telefónica.

—Te lo diré cuando lo sepa —dijo Jake, y pulsó el botón de la línea tres—. ¿Hola? Estás en el aire.

—¿Jake?

Jake se irguió en la silla y miró a DeeAnn, quien negó con la cabeza y levantó las manos en el típico gesto de: «¿Cómo iba a saberlo?».

—¿Teri? —preguntó él, intentando recordar la última vez que habló con su ex mujer sin que estuviera presente un abogado. Tenía la mente en blanco.

—He estado oyendo lo que dices de mi terapeuta. *Mi* terapeuta —enfatizó.

—¿Ah, sí? ¿Y sabe ella que aún es tu terapeuta?

—Creo que deberías tener otras citas. ¿Por qué no sales de ahí y arruinas la vida de otra mujer?

—Lo siento, Teri. Ya se te concedieron todas tus demandas en la sentencia de divorcio.

—Jake... —el tono de Teri era de advertencia.

—Pero mira qué hora es. Solo nos quedan dos horas. Lo siento, pero tengo que dar paso a la publicidad —puso un anuncio de LeRoy'S Tires y se quitó los auriculares.

—DeeAnn —gruñó.

—Sabía que te pondrías furioso. Pero mis órdenes son hacerte pasar por un infierno.

—¿De quién son esas órdenes?

—De Beryl Hoffman —DeeAnn soltó una sonora carcajada y tuvo que doblarse para no caer de la silla—. Está muy enfadada contigo, así que cuando Teri llamó, no pude resistirme...

—¿Eres tú la mujer que pensaba mal de mí? —preguntó él, recordando lo que habían dicho las cartas.

—Bueno, si lo soy, debo de ser una entre tantas.

Jake volvió a ponerse los auriculares. A ese paso, iba a conseguir que lo despreciaran todas las mujeres de Portland, empezando por Julie Sommerfield.

—Oh... Dios mío... —balbuceó Nora.

Julie, que estaba detrás del mostrador de la tienda de Nora sirviéndose un poco de bizcocho de nueces, levantó la vista con un sentimiento de culpa. Pero la atención de Nora se concentraba en el coche negro y dorado que estaba aparcando justo enfrente de Nora's Nut Rolls, Etc. El sol de la tarde se reflejaba en la carrocería, como si hubiera bajado del mismo cielo.

—St. Cloud —siseó.

—Ahhh... —Julie miró cómo Nora cortaba un gran pedazo de bizcocho con un cuchillo serrado. Con mucho tiento, agarró su propio trozo y rodeó el mostrador—. ¿Cómo sabes que es Irving St. Cloud? —le preguntó, desde el lado de los clientes.

—Reconozco ese coche.

En aquel momento, un caballero con el pelo canoso, que parecía tan esbelto como el sedán, salió del asiento del conductor y rodeó el vehículo. Julie vio que era mucho más joven de lo que hacía pensar su cabello gris. Era bastante atractivo, y esbozó una sonrisa mientras le abría la puerta del copiloto a su acompañante.

—Rubia que aún se maquilla el acné, con grandes pechos y piernas interminables…

—¿También la reconoces a ella? —preguntó Julie, asombrada.

Irving ayudó a salir a una mujer de unos setenta años. Tenía el pelo azul, y llevaba un sombrero con estampados de flores, a juego con su vestido rosa y lavanda. Julie reprimió una sonrisa viendo la expresión de incredulidad de Nora.

—No está mal… Tal vez fue rubia en un tiempo. Y no sabría decir lo del acné.

—Oh, déjalo ya —murmuró Nora.

—Parece que vienen hacia aquí.

Nora levantó el cuchillo, como si tuviera intención de saludar a sus clientes como un samurai. Julie miró de reojo a Irving St. Cloud mientras la campanilla de la puerta tintineaba.

—Baja ese cuchillo —le dijo, pero Nora no pareció oírla—. ¡El cuchillo! ¡El cuchillo! —le susurró, frenética.

—Sé que vas a abrir una tienda en esta calle —dijo Nora fríamente.

Irving St. Cloud miró el cuchillo, que

Nora mantenía apuntando al techo, y enarcó las cejas.

—Mi abuela, Clarice St. Cloud, se ha fijado más de una vez en tu tienda y me pidió si podíamos pasar a verla.

—Me encantan los dulces —dijo Clarice, sonriendo a Nora bajo la toca—. Así empezamos, ¿sabes? Irving fue el único que siguió mis pasos. A su abuelo no le interesaba más que el whisky y los perros de caza, que Dios lo guarde, y nunca conseguí que a mis hijos les gustara la pastelería... Pero Irving, ¡él sí que sabe! —le dedicó una radiante sonrisa a su nieto.

Nora bajó el arma y Julie respiró aliviada.

—Acabo de hacer un bizcocho de nueces. También lo tengo de plátano y de arándanos.

—¿Es eso lo que huele tan bien? —preguntó Clarice.

—Me gustaría comprar una porción de cada —dijo Irving. Nora lo miró de mala manera.

—Prueba un poco —lo animó a Clarice, y cortó varios pedazos.

Julie se inclinó hacia delante mientras Clarice e Irving se sentaban en una mesita a esperar las degustaciones de bizcochos.

—No tienes que hacerlo como si estuvieras matando serpientes —le susurró a su amiga.

—Viene buscando mis recetas, ¿verdad? —preguntó Nora.

—No seas paranoica. Considera esto un halago.

—Oh, claro...

Terminó de cortar los pedazos, y Julie los llevó a la mesa. Clarice la invitó a sentarse con ellos en cuanto supo que era amiga de Nora. Julie aceptó encantada, a pesar de la furiosa mirada que Nora le lanzó desde el mostrador. No tenía ninguna cita hasta la una y media, y no quería perder la oportunidad de probar los bizcochos de su amiga en compañía de los St. Cloud.

—¡Riquísimos! —declaró Clarice—. ¿Cuánto te debemos, cariño? —le preguntó a Nora.

—Nada. Son solo unas degustaciones.

—Tenemos que comprar esos bizcochos —añadió la anciana posando la mano en el brazo de su nieto.

—¿Cuándo va a abrir el nuevo local? —preguntó Julie, preocupada por que Nora perdiese la paciencia.

—Aún estamos decidiendo el lugar —respondió Irving, y le clavó la mirada a Nora—. No robo las ideas de los demás.

—¿He dicho yo eso? —preguntó Nora.

—A veces sobran las palabras.

Nora se ruborizó.

—Enseguida vuelvo —dijo, y se fue a las dependencias traseras. Regresó al poco rato, con tres bizcochos enfundados en bolsas de plástico.

Mientras Irving pagaba, su abuela se inclinó hacia Nora.

—Tienes que probar de todo en la vida, ¿sabes? Demasiado pan de trigo te hace olvidar lo bueno que puede ser el centeno o el maíz… —esbozo una adorable sonrisa—. Tranquila, cariño, a veces también tengo que recordarle esto mismo a Irving.

Se dirigió hacia la puerta e Irving le sonrió a Nora y a Julie.

—Tal vez vuelva a pasarme por aquí, si no hay ningún problema.

—Te lo haré saber —respondió Nora. Irving le lanzó una mirada divertida y se marchó junto a su abuela.

—¿Era ese Irving St. Cloud? —preguntó una joven con los ojos muy abiertos—. ¿El pastelero millonario de St. Cloud Bakeries?

—El mismo —corroboró Nora—. Si te das prisa, puedes abordarlo. Su coche es el que está aparcado ahí enfrente.

—Pero todos sus bizcochos están hechos de trigo —añadió Julie.

—¿Cómo dices? —preguntó la joven, que ya estaba cruzando la puerta.

—¡Date prisa! —la apremió Nora, y la

joven salió a la calle—. ¿Qué has querido decir con eso de los bizcochos de trigo?

Julie se encogió de hombros.

—Clarice piensa que su nieto necesita expandir horizontes, y no creo que se refiera solo a la pastelería.

—¿De qué estás hablando?

—Bueno, ¿por qué le has dicho a esa chica que lo siguiera? —preguntó Julie con impaciencia—. Es un hombre guapísimo que ha venido a verte... y tú vas y le arrojas la competencia a los brazos.

—¿La competencia? ¡Él es la competencia! —gritó Nora. Los otros clientes la miraron boquiabiertos—. A su abuela le gusta mi bizcocho de nueces, ¡eso es todo! Irving St. Cloud es el enemigo. Cada vez que un pequeño negocio empieza a despuntar, ¡zas! Él abre al lado otro local de St. Cloud Bakery. Estoy segura de que le encantaría que yo cerrase. Pues bien, ya puede irse olvidando de ello. ¡Yo pienso quedarme aquí! —enfatizó su declaración mirando uno a uno a los clientes.

Una joven con pantalones holgados tragó saliva y dijo:

—Vale, de acuerdo... ¿Puedo probar yo también el bizcocho de nueces?

A pesar de los problemas de Nora, Julie tenía otras cosas que hacer, y tuvo que darse prisa para su cita de la una y media con Miles Charleston. Lo había asesorado sobre su divorcio pendiente durante seis meses, y en ese tiempo había aprendido lo ansioso que era Miles respecto a todo. No le sentaría bien tener que esperarla en la consulta.

Al llegar a su oficina, miró el reloj y comprobó aliviada que había llegado con varios minutos de adelanto. Pero al cruzar la puerta se detuvo en seco.

—Carolyn —dijo, horrorizada—. No teníamos una cita hoy, ¿verdad?

—Oh, no… —Carolyn hizo un gesto con el cigarro que aún no había encendido—. Solo quería verte. Después de oír tus meteduras de pata en la radio, Floyd y yo nos pusimos a hablar… y ha sido la mejor conversación que hemos tenido en años.

—Magnífico —dijo ella sin mucho entusiasmo.

—Bueno, ya sabes… —se encogió de hombros con una medio sonrisa—. No saliste muy bien parada.

—¿Fuiste a la emisora de Jake Danforth? —Julie no pudo evitar hacerse esa pregunta.

—No, no he tenido tiempo… Además, ya te dije cómo habíamos conectado Floyd y yo, ¿recuerdas?

—Con todo detalle. Carolyn, tengo un cliente que está a punto de llegar, y no creo que le guste que estés aquí.

—Oh, esperaré. No te supondré ninguna molestia —se sentó en el sillón y cruzó las piernas.

—No creo que sea una buena idea.

—Quiero contarte lo último de Floyd. Tienes que oírlo...

—Carolyn...

—¿Señorita Sommerfield? —Miles Charleston asomó la cabeza por la puerta, y parpadeó confundido al ver a Carolyn.

—Hola, Miles, pasa —se volvió hacia la puerta de su despacho y metió la llave en la cerradura.

—He traído a Candy conmigo.

Julie se volvió y vio al clon femenino de Miles a su lado. Los dos parecían serios y nerviosos, y ambos miraban a Carolyn. Miles nunca se había referido a su mujer, Candice, con el diminutivo de Candy. Y nunca la había llevado a la consulta.

Iban agarrados de la mano.

—Oh... hola, señora Charleston —la saludó Julie, acercándose a ella.

Carolyn también se acercó, dispuesta a oírlo todo, pero Julie le echó una mirada de advertencia.

—La oímos por la radio —dijo Candy

con voz suave e infantil—. Con ese señor Danforth tan simpático... Estaba preocupada por Miles —miró dudosa a Carolyn. Julie los hizo pasar al despacho y cerró la puerta.

—Me decía que estaba preocupada por su marido —dijo, indicándoles que tomaran asiento. La pareja pareció quedarse perpleja al ver los dos sillones. Finalmente, Miles se sentó en uno de ellos y Candy se sentó en su regazo, sin soltarle las manos.

—No sabía qué clase de... terapeuta... era usted —pronunció la palabra como si le diera asco.

—¿No le dijo que yo era una asesora matrimonial?

—Bueno, parecía que era alguien que... —se presionó un dedo contra los labios, pensando—. Alguien que podría estar influida por cosas malas...

—Candy se refiere a las cosas de médiums y adivinos —aclaró Miles.

—Ajá —Julie empezaba a desear que Miles no hubiera llevado a su encantadora mujercita.

—Así que pensé que lo mejor sería verlo por mí misma —le apretó las manos a Miles y miró a Julie, quien también deseó que Miles hubiera sido más específico a la hora de hablar de sus problemas matrimoniales. Todo lo que le había contado era lo maravillosa que era Candy y cuánto la echaba de menos tras haberse ido de casa—. ¿Lee las cartas del tarot? —le preguntó con voz remilgada.

—No.

—Pero al señor Danforth le dijo que sí lo hacía.

—Esa fue su suposición. Yo le permití que creyera lo que quisiera.

—Entonces, ¿no le echó las cartas a su ex mujer?

—Fue su ex quien echó las cartas. Yo solo la escuché.

Candy desvió la mirada a su marido, quien la miraba como si fuera la criatura más hermosa de la Tierra.

—¿De modo que usted no hace nada de eso?

—Miles, esta es tu sesión —dijo Julie tranquilamente—. ¿Quieres hablar de mí, o prefieres hacerlo de Candy y de ti?

—Quiero hablar de Candy y de mí.

El rostro de Candy se ensombreció de repente.

—No quiero malgastar más dinero —declaró—. En mi opinión, podrían acabar ya estas sesiones con la señorita Sommerfield.

—¿Quieres decir que quieres volver conmigo? —preguntó Miles, esperanzado.

—¿He dicho yo eso? —le espetó ella.

—Has dicho que no quieres seguir malgastando el dinero —replicó él, confuso y un poco dolido por el tono de Candy—. Pensé que te referías a nuestro dinero.

—Sus servicios ya no son necesarios —le dijo Candy a Julie, con voz cortante—. Miles, extiéndele un cheque.

—Pero...

Candy se cruzó de brazos y miró hacia la pared. Miles miró a Julie en busca de ayuda.

—Podemos hacer lo que quieras, Miles —le dijo ella—. Esta puede ser nuestra última sesión por una temporada. No hay ningún problema.

—Para siempre —dijo Candy, sin apartar la vista de la pared.

Miles firmó el cheque, desconcertado. Estaba claro que había tenido la esperanza de que a Candy le gustase tanto Julie como a él.

Antes de que pudiera darle el cheque a Julie, Candy se lo arrebató y lo miró durante unos segundos, claramente horrorizada al ver la suma.

—Mándenos la factura —dijo sin soltar el cheque, y salió del despacho. Miles la siguió inseguro, parándose en la puerta como si quisiera decir algo—. ¡Miles! —le chilló Candy, y él se volvió como un perrito faldero. Julie salió tras ellos

—Vaya, señora. Usted sí que es una espina en el trasero —dijo Carolyn, que estaba fumando en la sala de espera—. Y yo que pensaba que era mala...

—Carolyn —le advirtió Julie.

Candy giró sobre sus talones como si alguien le hubiera hecho darse la vuelta. Inhaló y exhaló varias veces, extendiendo y contrayendo sus orificios nasales.

—No aprecio su intromisión señora. Buenos días.

—No serán tan buenos si tengo que verte otra vez.

—¡Carolyn! —repitió Julie.

Candy le clavó la mirada a Carolyn, despidiendo fuego por los ojos. Pero Carolyn se mantuvo imperturbable y le hizo un guiño, al tiempo que soltaba una bocanada de humo en su dirección. Candy se puso roja de furia y salió de la habitación con la cabeza bien alta. Miles salió trotando tras ella. Tenía un aspecto patético.

—¿Qué ha pasado? —preguntó Carolyn.

—Tienen problemas —respondió Julie—. Pero no son asunto tuyo.

—Oh, vamos... Esa mujer es una pesadilla.

—Carolyn...

—No importa. Deja que te cuente lo de Floyd. Anoche, por primera vez desde nuestra boda, se decidió a probar otra posición distinta a la del misionero. Estábamos sobre la alfombra de oso y le dije: «Eh, grandullón, vamos a divertirnos un poco». Entonces se me ocurrió esta idea...

Julie volvió a su despacho, con Carolyn tras ella.

—¡No soy una asesora sexual!

—Oh, pero esta parte te va a encantar.

—Carolyn, solo te gusta el sexo por el hecho de que después puedes contármelo. Pero no quiero oírlo. ¡No quiero volver a oír nada más de sexo!

—No tienes relaciones sexuales, ¿verdad? —le preguntó en tono compasivo.

—¡Carolyn!

—¿Verdad? —insistió ella.

—¡Verdad!

Las dos se quedaron mirándose por encima de la mesa.

—Vaya... —Carolyn sacó otro cigarro, después de apagar el primero en el pisapapeles—. Necesitas una cita. ¿Qué tal con ese macizo de Jake Danforth? Te estuvo preguntando si él debería tener una cita. ¿Por qué no contigo?

Julie miró el paquete de cigarrillos de Carolyn. Se sentía derrotada, incapaz de aguantar más. Deseaba tener un vicio más nunca.

—¿Te importaría darme uno de esos?

—¿Uno de estos? —preguntó Carolyn, sorprendida.

—Sí.

—¿Para qué?

—Para fumar. Quiero pillar un cáncer y acortar mi vida. ¿Te parece bien?

—De acuerdo.

Le tendió un cigarrillo, pero Julie rechazó el mechero.

—Lo guardaré para luego. Para cuando de verdad lo necesite.

—¿Alguna vez has pensado en si necesitas terapia? —le preguntó Carolyn en tono inocente.

—Constantemente —murmuró ella.

—Déjame que te cuente lo de la alfombra. Fue increíble, pero no fue la textura que tenía pensada. Demasiado peluda, si sabes a lo que me refiero.

—Creo que será mejor que lo enciendas —dijo Julie, y Carolyn le acercó el mechero. Nunca había fumado, excepto unas pocas caladas que dio con una amiga en el instituto.

En ese momento se oyó un golpe en la puerta.

—Permiso...

La voz familiar hizo que Julie diera un respingo. Horrorizada, vio a Jake Danforth en la puerta del despacho.

Tragó saliva, llena de pánico.

—¿Juliet? —dijo él, mirándola con incredulidad.

—¡Jake! —respondió ella con un resuello, mirándolo a través de una neblina de humo.

Entonces se puso a toser y el cigarro se le cayó al suelo. Carolyn lo apagó tranquilamente con un pisotón, y Jake se acercó a Julie y le dio unas palmadas fuertes en la espalda.

Julie tosió unas cuantas veces más, con los ojos llenos de lágrimas, hasta que pudo recuperar la voz.

—Así que me has encontrado…

Él asintió lentamente.

—Juliet Adams —dijo, mirándola pensativo—. Ha pasado mucho tiempo…

Julie se dobló sobre sí misma y volvió a toser con violencia, recordando por qué nunca había sido capaz de fumar.

Capítulo cinco

JAKE esperó a que a Julie se le pasara el ataque de tos. Estaba atolondrado. ¡Juliet Adams era Julie Sommerfield! Juliet Adams, la única chica de su juventud que aún invadía sus pensamientos. Cierto que lo había manchado de cerezas su mejor camisa, y que lo había desairado al encontrárselo en la Universidad de Washington, pero aún podía recordar la suavidad de su piel y las palabras que le susurró al oído.

Y allí estaba. Tan hermosa como siempre y con las mismas pecas. Ojos azules, melena corta y marrón, labios carnosos... No era extraño que le hubiera resultado tan familiar al verla en la radio. Y aunque en esos momentos tuviera los ojos y la piel enrojecidos por la tos, aún tenía el poder de dejarlo sin habla.

¡Juliet Adams era Julie Sommerfield!

Quería sacudir la cabeza y frotarse los ojos. Pero no, era real. Por un momento se preguntó quién sería la mujer alta que estaba al lado. ¿Una amiga? ¿Una clienta? Estaba de pie, fumando en silencio, y los miraba a ambos como si estuviera esperando algo.

Pero Jake estaba demasiado maravillado como para preocuparse por la identidad de su acompañante.

Finalmente, Juliet se aclaró la garganta. El esfuerzo le había dejado la piel colorada y los ojos cubiertos de lágrimas. Miró a Jake y se volvió hacia Carolyn, quien se limitó a apagar el cigarrillo en el pisapapeles de granito. Jake vio que la mujer trataba de aparentar preocupación, pero sin éxito. Nadie podría pasar por alto el gran letrero que prohibía fumar.

—¿Y bien? —le preguntó Juliet con una sonrisa forzada—. ¿Qué te ha traído por aquí?

—No tengo ni idea —respondió él con sinceridad—. Pensaba pedirte que volvieras al programa, y de repente me encontré barajando la posibilidad de recibir una o dos sesiones de terapia.

—¿Qué? —la expresión de Juliet era de puro horror.

—Teri me sugirió que viniera a verte, y finalmente he decidido seguir su consejo —mintió, mirándola con detenimiento. Desde la separación, no había aceptado ni una sugerencia de su ex mujer... de hecho, no la había escuchado desde mucho antes.

—¡Imposible! —exclamó ella—. No puedo hacerlo, porque... porque...

—¿Por qué?

—¡Porque ya nos conocemos! —estalló.

—¿Y hasta dónde os conocéis? —preguntó Carolyn con curiosidad.

—Carolyn —le advirtió Juliet.

—Las mentes curiosas se mueren por saber...

—¿Sabía Teri quién eres? —preguntó Jake.

—¡Claro que no! —declaró ella—. No sabía quién era ella, y ella no podía saber quién era yo. Hasta que no firmó el cheque y vi el apellido de Danforth, no tenía ni idea de que era tu ex mujer, y ni siquiera entonces estuve segura.

—¿Le dijiste que me conocías?

—¡Jamás! No iba a removerlo todo.

—¿Todo? —preguntó Carolyn.

—El hecho de que conocía a Jake Danforth desde el colegio —admitió Juliet—. Pero cuando te oí calumniarme así en la radio, supe que eras el mismo de siempre.

Su amiga emitió un resoplido. Jake la miró y esta le tendió la mano.

—Carolyn Mathers.

—Encantado de conocerte —respondió él automáticamente.

—Puesto que Julie parece estar sufriendo un shock postraumático, o tal vez solo sea el efecto de la nicotina, no estoy segura... —le lanzó a Juliet una dura mirada—. Bueno, puesto que ella te ha formulado la pregunta correcta, lo haré yo: ¿qué haces aquí?

—Como ya he dicho...

—No, me refiero a la verdad —lo interrumpió ella—. Has dicho que pensabas recibir terapia... Bueno, pues en ese caso Julie es la persona adecuada para ayudarte. Sabe Dios lo que me ayuda a mí —miró a Julie agradecida.

Julie no podía ocultar el horror que sentía, pero consiguió recuperar la compostura.

—No creo que fuera buena idea verte a ti y a tu ex, a no ser que los dos vinierais como pareja.

—Dijiste que los veías por separado —señaló Jake.

—Sí, bueno... hace tiempo...

Jake vio cómo se estremecía. Empezaba a gustarle que estuviera incómoda.

—¿Acaso supondría eso un problema legal con los abogados?

—¡Claro que no! —intervino Carolyn Mathers—. Tendrías que haber visto a la pareja que estuvo aquí antes. Ellos sí que necesitaban consejo.

—Pero ellos acudieron como pareja —dijo Julie duramente.

—Ella era todo un caso —añadió Carolyn— La clase de mujer que llevaría a un hombre a hacerse cura, si entiendes lo que quiero decir. No conseguí escuchar la conversación, pero estoy segura de que nadie, ni siquiera la magnífica Julie Sommerfield, podría hacer nada para ayudarla. Intenté imaginarme lo que sería una noche de amor entre esos dos... —puso los ojos como platos y negó con la cabeza—. Fallé por completo, y eso que tengo mucha imaginación. La sola idea de verlos desnudos y sudorosos, haciendo...

—¡Carolyn! —explotó Julie.

—No logro imaginármelo. Pero estoy segura de que Julie tendría mejor suerte contigo.

Se produjo un breve silencio.

—Señor Danforth, creo que... —empezó a hablar Julie.

—No, no empieces otra vez con lo de «señor Danforth». Todos nos conocemos demasiado bien.

—¿Ah, sí? —preguntó Carolyn—. ¿Nos conocemos?

—Jake, ¿te importa esperar aquí un momento? —le preguntó Juliet.

—Con mucho gusto.

Juliet agarró a Carolyn del brazo y la sacó a la sala de espera, cerrando la puerta a su paso. Jake pudo oír un intercambio de furiosos murmullos, aunque no logró entender nada. Sonrió y se acercó a la ventana. Aquello iba cada vez mejor.

Contempló cómo caían las hojas amarillentas de los árboles y cómo se arremolinaban en el aire. Se sentía satisfecho por el rumbo que habían tomado los acontecimientos, a pesar de la sorpresa recibida en la consulta. Hasta ese momento había estado muy enfadado con Teri por haberle contado todo a una asesora matrimonial. Y aunque sabía que había sido su ex mujer la que había echado las cartas del tarot, ya que siempre le habían encantado esas cosas, había querido desahogarse con la supuesta psicóloga.

Y eso había hecho. En la radio y en directo.

Puso una mueca. De acuerdo, tal vez no hubiera sido necesario y, desde luego, no había sido nada amable. Al involucrar a Juliet había desatado otra tormenta, y ya no estaba seguro de qué pensar.

Cuando Juliet entró, Jake estaba sentado en uno de los sillones junto al escritorio, y parecía bastante contento, no como ella.

—Vamos a aclarar esto —dijo ella—. Querías ofender mi profesionalidad en público, y eso fue lo que hiciste. Ahora ya sabes quién soy, de modo que la segunda ronda estará a punto de comenzar. Dime qué puedo hacer para desviar tu atención a cualquier otra parte. Si hubiera sabido que Teri era tu ex mujer, no la habría aceptado en la consulta, pero nunca le conté nada de la cita a nadie. Lo creas o no, puedo comportarme como una verdadera profesional. Te hice creer a propósito que echaba las cartas del tarot, pero la verdad es que no tengo ni idea. Fue tu mujer quien las leyó. Sé que puede parecer una excusa pero es la verdad.

—Lo sé.

—¿Lo sabes? —le echó una mirada glacial.

—Sí, lo sé. Conozco a mi ex mujer. Cree en esas cosas esotéricas. Desde siempre, aunque en mi opinión no son más que patrañas.

—Mucha gente no piensa lo mismo que tú.

—Esa es una de las razones por las que no podíamos seguir viviendo juntos.

—¿Cuáles son las otras razones?

—Bueno, vamos a ver... —fingió que se concentraba en la respuesta—. ¿Qué te parece que no nos soportábamos? ¿O que la pillé en la cama con su monitor de Tae Bo? Y tuve el presentimiento de que las cosas no andaban muy bien cuando el día de mi cumpleaños me regaló los papeles del divorcio.

Juliet se quedó boquiabierta, pero Jake no supo decir si su perplejidad era verdadera o fingida.

—No lo sabía.

—De modo que para mí fue toda una sorpresa cuando me enteré de que había ido a una asesora matrimonial. Pensé que todo estaba dicho.

—Entiendo…

Jake dudaba de que lo entendiera realmente.

—Tampoco es que me partiera el corazón. Desde que nos casamos, no paraba de preguntarme a mí mismo adónde demonios estaba yendo.

—¿Por qué te casaste? —le preguntó ella sin poderse controlar.

—Buena pregunta. Supongo que me parecía el mejor momento para hacerlo. No sé si me entiendes, siendo soltera.

—Estuve casada. No mucho tiempo, pero el suficiente para saber de lo que estás hablando.

Jake arqueó las cejas, sorprendido de que aquella revelación lo afectara tanto.

—¿Y bien? —lo apremió Juliet—. ¿Querías que volviera al programa, pedir consejo o quizá desenmascarar a tu invitada?

—Todo eso. Y… también quería volver a verte —ella lo miró escéptica—. Hace mucho que no salgo con mujeres —confesó—. Y creo que es hora de que vuelva a hacerlo. Supongo que estaba pensando si tú… y yo…

—No salgo con citas —se apresuró a responder ella.

—Antes lo hacías.

El recuerdo de la noche del baile hizo que el calor le subiera a las mejillas.

—Mis clientes están al llegar, Jake. Has venido en mi horario de trabajo.

—Si no sales conmigo, tal vez conozcas a alguien que quiera hacerlo —sugirió él. No quería que lo echara de la consulta. No se sentía preparado para irse.

—No soy un servicio de citas —dijo ella fríamente.

—¿Qué te parece si vuelves al programa y hablamos de las citas? Te prometo que no hablaré mal de ti. Podría ser beneficioso para ambos. Tú puedes recuperar tu credibilidad y hasta es posible que aumente tu clientela, mientras que yo entretendré a mis oyentes. Les encanta indagar en mi vida privada —añadió en tono despreocupado, ocultando sus verdaderos sentimientos al respecto.

—No, creo que no...

—Vamos, Juliet, Eres asesora. Acabo de pasar por un divorcio horrible y me gustaría enderezar de nuevo mis pasos, para lo cual necesito tu ayuda.

—No estoy lista para volver a tu programa.

—De acuerdo. Entonces volvamos a lo de la cita. Digamos... ¿esta noche después del trabajo?

—Esta noche estoy muy ocupada.

—¿Qué tal el próximo martes? Así podré decirles a mis oyentes que dentro de poco tendré una cita.

—Lárgate, Jake —dijo ella sin mucha convicción.

—¿Qué te parece si... te pido hora para una sesión de terapia? Veremos cómo resulta, y luego tal vez podamos explorar juntos lo de la cita... limitándonos exclusivamente al trato entre paciente y terapeuta. Así podremos contar la experiencia por la radio.

—Pareces muy seguro de ti mismo —dijo ella, pero agarró el calendario y lo abrió por el martes siguiente.

—Forma parte de mi profesión —respondió él con una amplia sonrisa. Ya estaba. Había ganado.

Juliet se limitó a responder con un resoplido.

El sábado por la mañana hacía bastante frío y el cielo estaba nublado, pero al menos no había empezado a llover aún. Todo el muelle estaba ocupado por la feria benéfica de Halloween, con tiendas rojiblancas y mesas y sillas de plástico. Las banderas ondeaban por la brisa, y el olor a calabaza y sidra se elevaba por encima de la húmeda pestilencia del río Willamette.

Julie, ataviada con un delantal negro y naranja con estampados de brujas, lechuzas y esqueletos, estaba en el mostrador junto a Nora, quien llevaba puesta una peluca. El color rojo de la tienda proyectaba un brillo misterioso a las galletas, tartas y pasteles que Nora había preparado para el evento. Los pastelillos de canela con sus caras pintadas miraban lascivamente desde la cesta, como un grupo de espíritus malignos. Las galletas con forma de murciélago con sus diabólicas sonrisas pendían de cintas naranjas atadas al techo. Al soplar un poco de viento, se agitaron frenéticamente y una de ellas aterrizó en la peluca de Nora.

—Dime otra vez lo que vas a hacer el martes —le pidió Nora, terminando de cortar las cintas naranjas—. ¿Vas a verlo o no?

—No. Él quería una sesión de terapia y que fuera yo quien lo aconsejara sobre las citas con mujeres o algo así. No estoy segura. Estuve a punto de aceptar, pero pude rechazarlo a tiempo.

—¿Por qué?

—No quería oír nada sobre su divorcio y sobre cuánto había sufrido y qué sé yo cuántas tonterías más... —se calló ante la llegada de nuevos clientes.

—Corrígeme si me equivoco —dijo Nora cuando los despachó con varias raciones de pastel de manzana—, pero ¿no es eso lo que haces? ¿No te dedicas a aconsejar a las parejas que se divorcian?

—A veces. Otras lo que hago es intentar que un matrimonio no se rompa.

—Bueno, según parece, ese matrimonio hace mucho que se acabó. ¿Cuál es el problema?

—El problema es que no trabajo en una agencia matrimonial y... Oh, no sé... Lo único que tengo claro es que no quiero tener nada que ver con él.

—Dijiste que te ofreció el doble de lo que cobras tú por hora, y que aun así rechazaste.

—¿No escuchas nada? No se trata de dinero.

—Entonces, ¿de qué se trata?

Julie la miró con los ojos entornados.

—Hace poco todavía estábamos planeando asesinarlo.

—Eso fue antes de que ofreciera dinero. Vamos a ser realistas.

—Eres una oportunista sin la menor vergüenza —la acusó Julie.

—Y a mucha honra —reconoció ella con una sonrisa—. ¿Tan malo sería? Vamos, podrías aprender cuáles son sus secretos más íntimos. Y luego podrías contármelos a mí...

—Es retorcido, pero imposible. Cualquier cosa que aprendiera de Jake Danforth tendría que guardármela para mí. Es una lástima —soltó un suspiro—. Y eso que me ofreció tres veces lo que cobro por hora.

—¿Y a qué estás esperando? ¡Ese hombre está obsesionado contigo! ¡Con lo que te pague, podríamos retirarnos a las Bahamas!

—Solo quiere una cita.

—¡Pues dásela!

—No me estás escuchando —le espetó Julie, mientras sacaba otro recipiente con murciélagos recién hechos.

—Claro que te estoy escuchando. Quiere una cita, quiere que lo aconsejes y quiere que lo acompañes en el programa para hablar de ello. No es algo tan desagradable. Y hay mucho dinero en juego.

—¡Nora! —Julie la miró con exasperación—. No puedo confiar en él. ¿No lo ves? Primero me hablaría de él y de su cita, y luego me llevaría a la emisora para burlarse de mí y así aumentar sus índices de audiencia. Ya me lo imagino: «Mi encuentro con Julie Sommerfield, la médium y psicóloga de pacotilla». No, con Julie no... con Juliet Adams. Me vuelve loca cuando me llama así.

—Es tu nombre.

—Lo era. Y nunca me gustó. Y luego las oyentes se pondrán a llamar y... no puedo soportarlo —agarró las tijeras y las cintas y se puso a cortar espirales naranjas. No tenía tanta habilidad como Nora, pero al menos le servía para desahogarse—. No voy a arriesgarme a que critique mis métodos terapéuticos en su programa, ¡solo porque quiera usarme como cabeza de turco por el fracaso de su matrimonio! No vale la pena.

—Puedes convencerlo para que firme un acuerdo de confidencialidad.

—Oh, sí, seguro que eso funciona.

—Si de verdad quiere hacerte daño, no lo firmará, y yo... —se calló de repente, quedándose petrificada.

Julie giró la cabeza, y vio a Irving y a Clarice St. Cloud, en compañía de una hermosa joven rubia, caminando entre los puestos. En cuanto Nora y ella llegaron a la feria habían visto que el puesto azul de St. Cloud Bakeries' estaba frente al suyo, casi oculto por la multitud.

En aquel momento Clarice alzó la mirada. Aquel día llevaba un traje verde y un sombrero a juego. Cuando vio a Nora la saludó como si fuera una vieja amiga, y tiró de la manga a Irving, señalándole el puesto. Nora emitió un gemido gutural.

—Vienen hacia aquí —dijo Julie.

—Ya lo he visto.

—Sé amable.

—Siempre soy amable.

—Recuerda todos los consejos que me has dado a mí. Obsérvalo todo en perspectiva. No dejes que las emociones te dominen.

—Descuida —la sonrisa de Nora recordaba a la del Joker en *Batman*.

—Hola otra vez —saludó cortésmente Irving. Iba vestido de modo informal, con vaqueros azules y un jersey de color marrón claro. La rubia que lo acompañaba observó a Nora con recelo.

—¡Qué puesto tan encantador, querida! —dijo Clarice, fijándose en los murciélagos que colgaban sobre sus cabezas.

—¿Quiere probar uno? —le ofreció Nora, tendiendo un plato de murciélagos.

La mano de Clarice se inclinó delicadamente sobre el plato y le echó una maliciosa mirada a su nieto.

—Irving, tenemos que conseguir más, ¿no crees? —él la miró como si compartiera su forma de pensar—. Todos nuestros productos son tan... —dio un mordisquito al ala— tan iguales. No ofrecen nada nuevo, no como los murciélagos de Nora. Son muy ingeniosos, y parece que han pasado directamente del horno a tu boca.

La rubia agarró un murciélago y lo mordisqueó, sin dejar de mirar a Nora.

—Solo es una galleta de azúcar —se quejó.

Irving le puso una mano en el hombro.

—Tendrás que perdonar a mi hermana. Siempre es así de maleducada.

—Donna, compórtate —le dijo Clarice con un suspiro. Donna se revolvió con indignación.

—Aún se sigue comiendo el murciélago —observó Julie.

—Es maleducada, no tonta —replicó Irving.

Nora le echó una furiosa mirada, pero él la miró con dulzura. Julie contuvo la respiración y se preparó para una batalla sin cuartel.

—Vamos, Irving —dijo Clarice—. Tenemos un puesto del que ocuparnos.

En cuanto se fueron, Nora dejó el plato en el mostrador con tanta fuerza que los murciélagos se elevaron en el aire. Julie los colocó en orden y se volvió hacia a su amiga, que se había retirado a la parte trasera con los brazos cruzados.

—No ha ido tan mal —le dijo Julie—. Has sido casi amable.

—¿Hasta dónde serán capaces de llegar?

—¿Qué quieres decir?

—¿Van a robarme mis recetas?

—¿Tan solo probándolas? Oh, vamos…

—«Solo es una galleta de azúcar» —repitió Nora con voz de falsete.

—Vale, ha sido una maleducada, pero eso su familia lo sabe —miró pensativa a su amiga—. Bien, dime, ¿de qué va todo esto?

—¿A qué te refieres? —preguntó Nora, aún con la vista fija en ellos, viendo cómo se alejaban.

—Todo esto no es por las galletas —Nora la miró—. Solo digo que…

—¿Qué?

—Que Irving St. Cloud es una persona de lo más atractiva y que él piensa lo mismo de ti.

—Tú deliras.

Nora agarró una espátula y la deslizó bajo un montón de bizcochos de canela con más fuerza de la necesaria. Cuando volvió a levantar la mirada se dispuso a decirle algo a Julie, pero entonces vio algo que le hizo cambiar la expresión. Julie se volvió y se encontró con los azules ojos de Jake Danforth. Abrió la boca en sorpresa, mientras él arqueaba las cejas al reconocerla.

—Juliet —dijo. El tono de su voz era cauteloso, pero ella no podía culparlo, después de casi haberlo echado de su consulta.

—Vaya, hola Jake Danforth —lo saludó Nora, y por el modo en que miró a Julie, esta supo horrorizada que estaba planeando algo.

—¿Nora?

—Eso es. Menuda casualidad, ¿eh?

En ese momento, la «cita» de Jake se le enganchó del codo. Era muy parecida a la hermana de Irving St. Cloud: rubia, delgada y con dotes ocultas. Una pesadilla viviente. Les dedicó una fría sonrisa y desvió la atención a la multitud, apartándose el flequillo de los ojos con una mano lánguida.

—¿Es este tu puesto? —preguntó Jake leyendo el cartel—. He visto tu tienda en la calle Veintitrés. No me había dado cuenta de que eras tú.

—Sí, bueno, la vida está llena de giros imprevistos.

—Así es —dijo Jake, mirando a Julie con atención.

La rubia soltó un bostezo.

—Voy a por un Perrier. ¿Quieres algo?

—No, gracias.

Los tres vieron cómo se alejaba tranquilamente.

—Jake es becaría en la emisora —explicó Jake—. Pero no creo que vaya a durar mucho.

—¿Por qué no? —preguntó Julie con interés.

—Porque no hace nada más aparte de lucirse. Tiene encandilado al jefe, pero eso tampoco va a durar mucho.

—¿Tiene Beryl algo que ver?

—Todo —respondió él con una sonrisa encantadora.

Julie apartó la mirada. ¿Por qué demonios tenia que ser Jake tan atractivo?

—¿Quién es Beryl? —preguntó Nora—. Oh, ¿es la señora a la que insultaste en el ascensor?

—Sí —respondió Julie, irritada por la sonrisa de Jake—. Al menos, Pammy te ha ayudado a volver al juego de las citas.

—Cierto —reconoció Jake—. Nunca había pensado en ella como en una cita, pero me dijo que había visto en una bola de cristal que estábamos destinados.

—Destinados… —repitió Julie.

—Destinados a no durar más de una tarde —añadió él—. Todavía tengo esperanza de que cambies de idea respecto a lo del martes.

Estaba tan seguro y satisfecho de sí mismo… Julie quería acusarlo de algo, pero Jake no había hecho nada malo aún.

—¿Quieres un murciélago? —le preguntó—. Parece que hoy vamos a repartirlos todos gratis.

—Prueba uno —dijo Nora ofreciéndole el plato—. Y dime qué te parece.

—Están sonriendo —observó él tomando un murciélago.

Nora bajó el plato y miró las galletas.

—Intenté que tuvieran una mueca de desprecio.

—*Tienen* una mueca de desprecio —insistió Julie.

—Supongo que podría ser una mueca —dijo Jake, mordisqueando la galleta.

A Julie no se le ocurría nada más que decir, lo cual no fue un obstáculo para que Nora y Jake se pusieran a charlar amistosamente. Cuando Pammy regresó y se agarró del brazo de Jake, era como si los dos se hubieran conocido de toda la vida.

—Ven a vernos alguna vez —lo invitó Nora, mientras Jake era arrastrado por Pammy—. ¿Te ha dado Julie la dirección de nuestro apartamento? ¿No? Espera un momento, Pammy —se apresuró a escribir la dirección y el teléfono en un papel y se lo tendió a Jake, bajo la mirada furiosa de Pammy.

Jake dobló el papel y se lo guardó en el bolsillo interior de su chaqueta de cuero. Pammy apretó los labios y alzó el mentón con un ruido de desprecio. Parecía dispuesta a matar a alguien.

—Os haré una visita para el «truco o trato» —les dijo Jake—. ¿Te parece bien, Juliet?

—Es Julie, Jake, no Juliet. Sin «T» al final. ¿Lo entiendes?

—No sé si podré romper esa costumbre —contestó, mientras Pammy tiraba de él.

—Inténtalo —lo animó Julie.

—Encantado de volver a verte, Nora. Los murciélagos están deliciosos.

—Espera a probar mis bizcochos de canela. Las caras pintadas también tienen muecas de desprecio —señaló la bandeja con los bizcochos con canela glaseado de naranja.

—Yo creo que más bien están sonriendo —dijo Jake. Pammy puso una mueca de exasperación—. Hasta la vista.

Tan pronto como se fueron, Julie agarró un trapo y se lo arrojó a Nora, quien dio un respingo.

—¡Te lo mereces! —le espetó en un susurro.

—¿Me lo merezco? —repitió Nora—. ¿Y qué pasa contigo? ¡A mí no me interesa Irving St. Cloud!

—¿Eso es todo?

—La verdad es que no. Me gusta Jake. Siempre me ha gustado.

—¿Te gusta?

—No como a ti, claro.

—¿Qué... qué quieres decir con eso?

—Es tu Romeo, Juliet.

—Oh, Señor... Por favor, déjalo ya. Él fue el Romeo de la escuela, no el mío.

—Estás enamorada. Se te nota a la legua —Nora se volvió y le sonrió al grupo de chiquillos disfrazados que se acercaba al puesto, seguidos de sus padres.

—¡Ni siquiera me gusta! —a Julie casi le dio una apoplejía.

—Amor, A-M-O-R, amor, amor, amor, amor... —repitió Nora, y le dedicó una sonrisa Julie, o una mueca de desprecio y burla, como la que lucían los malvados murciélagos.

Capítulo seis

CUATRO horas más tarde estaban de vuelta en el apartamento. En el coche de Nora traían las bandejas vacías de los pasteles. La feria había sido un éxito rotundo.

—Ahora tenemos que prepararnos para la invasión del «truco o trato» —gimió Nora dejándose caer en una sillón. Julie hizo lo mismo en el sofá.

—Todo lo que hay que hacer es echar las golosinas en un barreño y abrir la puerta. Podemos hacerlo.

—Me duelen terriblemente los pies —dijo Nora con una mueca de dolor.

—Sí, bueno... te lo mereces, por haber invitado a Jake a venir.

—Deberías estar besándome los pies —repuso ella con un bostezo—. Cuando Jake aparezca, ofrécele un trago. Puedes echarle un poco de veneno en la bebida y ver si funciona.

—Es una idea genial, pero no he tenido tiempo de conseguir veneno.

—Qué lástima. En ese caso tal vez tengas que ser amable con él.

Julie pensó en sacarle la lengua a su amiga, pero decidió que era un gesto demasiado infantil. Se limitó a echarle una furiosa mirada, y Nora soltó una carcajada. Tras unos segundos, Julie también empezó a reír. Le arrojó un cojín a Nora y las dos se rieron con más fuerza.

Cuando sonó el timbre de la puerta, las dos ya se habían zampado unos sándwiches de atún y unos refrescos de cola, se habían puesto pelucas negras, se habían ennegrecido los dientes y estaban listas para ofrecer los caramelos a los pequeños duendes que esperaban fuera. Julie contuvo la respiración mientras Nora abría la puerta. Aún era temprano, pero esperaba que fuera ya Jake.

Sin embargo, no se encontró con su metro ochenta de musculatura, sino con cuatro chiquillos con pelucas, guitarras y etiquetas con sus respectivos nombres: John, George, Paul y Ringo.

—Aquí tenemos a los Cuatro Fantásticos —los saludó Julie. Les ofreció el barreño y los chicos metieron ávidamente sus manos, mientras sus padres los avisaban de que no tomaran demasiado.

Cuando, finalmente, Nora pudo cerrar la puerta, Julie sintió una profunda y molesta decepción. Se decía a sí misma que no quería ver a Jake Danforth. ¿Acaso no había sido esa la razón por la que lo había rechazado como paciente? Por supuesto que sí... Había tenido un momento de debilidad, pero por suerte había prevalecido su cordura.

Hasta que Nora lo invitó a casa...

—No vendrá tan pronto —dijo Nora, como si las dos estuvieran hablando de eso—. Antes de que Jake aparezca, todos los niños estarán ya acostados.

—No quiero que venga.

—¿Por eso te has puesto los pantalones negros y las botas?

—¿Qué? —Julie se miró su atuendo—. ¿Esta ropa vieja?

—Miéntete a ti misma si quieres, pero si no estuvieras pensando en una visita especial, te habrías puesto tus vaqueros y tus zapatos de lona.

—Tengo los vaqueros en la lavadora.

—¿Desde cuándo tienes solo un par?

—Quería ponerme algo negro, eso es todo.

—Vale, de acuerdo... No estás pensando en Jake Danforth.

Julie se levantó y se fue a la cocina. Nora podía llegar a ser muy irritante. Se sirvió un vaso de agua y se lo bebió de un solo trago. Entonces se fijó en la taza con la imagen de Jake. La había dejado al fondo del armario, pero Nora la había colocado en el estante que había sobre el fregadero. ¿Irritante? A veces Nora era incluso perversa.

Suspiró y desvió la vista hacia el armario sobre el frigorífico, donde guardaban las bebidas alcohólicas. Quería tomar algo más fuerte, pero no confiaba en sí misma. Bastaba una pizca de alcohol para hacerle perder la cabeza. Se imaginó perdiendo sus inhibiciones y confesándole a Nora sus sentimientos por Jake, o todavía peor, yéndose de la lengua con el mismo Jake. Se imaginó recuperando la confianza en él, riendo con él, tal vez incluso dándole un abrazo y...

No. No le gustaba pensar así. Era mucho mejor despreciarlo. Y más seguro.

Cuando a las ocho y media sonó el timbre, Julie casi había olvidado la visita de Jake. Nora había estado en lo cierto. A esa hora las calles ya estaban vacías de críos, todos ellos acostados con un empacho de golosinas.

Por eso, cuando Julie abrió la puerta y lo vio a la luz del porche, el corazón le dio un vuelco. No porque quisiera verlo, sino porque no había esperado que...

«Mentirosa», se acusó a sí misma.

—¿Qué? —preguntó él. Llevaba una botella de vino tinto en una mano y una de blanco en la otra.

—¿He dicho algo?

—Me ha parecido que decías «mentirosa».

—Bueno, esa no sería una forma muy cortés de saludar a un invitado —dio un paso atrás para permitirle la entrada.

Jake iba vestido con su chaqueta negra de cuero y con vaqueros, y tenía tan buen aspecto que Julie tuvo que hacer un esfuerzo por recordar su animadversión. No le parecía justo que se sintiera desarmada frente a su enemigo. No era justo que aquel amor adolescente nunca pudiera borrarse del todo.

—No creía que fueras a venir —le dijo, ignorando la vocecita interior que volvía a llamarla «mentirosa».

—¿Y perder la oportunidad de seguir insistiéndote? —ella lo miró con el ceño fruncido—. Quiero salir contigo. Si no es el martes, cualquier otro día.

—Parece que te va bien con eso de las citas.

—Quiero tener una sesión de terapia contigo —dijo él, con un tono que le provocó a Julie un estremecimiento. ¿Cómo podía tener una voz tan sexy?—. Recuerdo que la última oferta que te hice fue triplicar tu tarifa.

—Aceptará —gritó Nora, acercándose desde la cocina.

—No, no aceptaré —le gritó Julie a su vez.

Jake pasó la vista por el salón, y ella visualizó el lugar a través de su mirada: la felpilla marrón sobré el sofá, la mesita baja de hierro forjado y madera oscura, las revistas apiñadas en una cesta de mimbre, la lámpara de pie del rincón... Era como una mala foto de un catálogo de decoración, en la que todo estuviera desordenado.

—Y también quiero que vuelvas al programa —continuó él, tendiéndole las botellas a Nora—. Has provocado a la audiencia.

—Fuiste tú quien la provocó. Yo me limité a sentarme y a tragarme los agravios.

—No solo eso. Me dejaste algunas cicatrices... —sus labios se curvaron ligeramente—. Y quiero que hablemos de nuestro pasado en común.

Julie no podía aguantar su mirada. Quería apartar la vista, pero no podía sucumbir a los nervios.

—¿Significa eso que quieres explotar el hecho de que nos conocemos desde el colegio? ¿Y que te ocultara mi identidad? ¿Y que eso demuestra que soy como todos de mi calaña, una psicóloga de pacotilla?

Nora volvió a toda prisa, casi derramando las dos copas de vino tinto que llevaba.

—Seguid, seguid —los animó.

—Tal vez podamos aclarar unas cuantas cosas a tu favor —sugirió Jake, aceptando una copa.

Julie vio cómo se llevaba la copa a los

labios, y se lo imaginó cayendo desplomado, con la garganta abrasada por el efecto del arsénico. Levantó su propia copa y miró a su amiga con una ceja arqueada. La cara de Nora le dijo que le estaba leyendo el pensamiento.

—Es una pena que no pueda ofrecerte ninguno de mis dulces para Halloween —dijo Nora sin dejar de mirar a Julie—. Pero todo tiene que estar envuelto, por si acaso a algún psicópata se le ocurre envenenar a alguien.

—Es difícil imaginarse una mente tan perversa —comentó Jake.

—Sí... —Julie tomó un sorbo de vino—. ¿Qué es lo que quieres de mí, exactamente?

—¿Estabas escuchando el día que Teri, mi ex mujer, llamó al programa?

Julie odiaba admitirlo, pero la verdad era que escuchaba el programa a diario.

—Sí... —confesó con recelo.

—Bueno, me llamo a casa esa noche y estuvimos hablando de ti. Le dije que...

—¿Le hablaste a Teri de mí?

—Le pregunté acerca de lo que habíais hablado vosotras dos.

—¿Qué te dijo?

Nora, que se había servido también una copa de vino tinto, se sentó en un sillón, dispuesta a no perderse ni una palabra.

—Me dijo adónde ir y qué hacer cuando

estuviera allí. Fue bastante gráfica.

—Creo que cada vez me gusta más Teri —murmuró Julie.

—No quiso decirme lo que hubo entre ella y su asesora matrimonial. Yo le recordé que ya no estábamos casados y que a ti ya no iba a verte más.

—¿Qué respondió a eso? —preguntó Julie apurando su copa.

—Me dijo adónde ir y qué hacer cuando estuviera allí.

Julie no pudo evitarlo y se echó a reír, al igual que Nora. Incluso Jake sonrió. Pero Julie se contuvo de inmediato. No iba a enamorarse otra vez de él. Ya había cometido ese error en su juventud.

—No me sentiría nada cómoda en una sesión de terapia contigo.

—Yo pienso lo contrario —dijo él—. De hecho, me alegró saber que fuiste tú a quien Teri le contó los detalles de nuestro matrimonio, en vez de a cualquier desconocido. Hasta tal punto que quiero explorar el asunto por mí mismo. Por eso quiero que hablemos en tu consulta, a ver qué pasa.

Julie no sabía qué pensar.

—También me gustaría que volvieras al programa —siguió Jake—. No quiero escarbar en mi relación con Teri, créeme. Pero tal vez podrías revelar algunos de tus métodos y yo podría expresar cuáles fueron mis sentimientos...

—¿Quieres mostrarme tus sentimientos y que yo te muestre los míos?

—Más o menos.

—¿Y le pagarías el triple por la terapia? —le recordó Nora.

—No —respondió Julie—. Sería la tarifa normal.

—Entonces, ¿lo harás? —Jake pareció complacido. Demasiado complacido, pensó Julie, preguntándose dónde se habría metido.

—El martes.

—El martes —aceptó él. Dejó la copa en la mesita y se recostó en el sillón con las manos tras la cabeza.

Julie se preguntó si quedaría suficiente vino para emborracharse, porque tenía el presentimiento de que había sido engatusada, coaccionada y... poseída.

Jake entró rápidamente en el estudio, saludando con la mano a sus ayudantes. No quería entretenerse en cotilleos inútiles. Aquella mañana llegaba con mucho retraso por culpa de su mejor amigo, Seltzer. Su perro mestizo color canela estaba muriéndose de viejo, y Jake no podía imaginarse una vida sin él. No le gustaba reconocerlo, pero gracias al apoyo de Seltzer había podido superar el trauma del divorcio.

Cierto era que Teri no llegó a romperle el corazón, pero lo que realmente lo atormentaba era la idea de estar solo, sin nadie en quien poder confiar. Seltzer había llenado admirablemente ese vacío, por lo que tan solo de pensar que podía perderlo le hacía plantearse la posibilidad de acudir a un terapeuta.

Una terapeuta como Juliet Adams Sommerfield.

Puso una mueca mientras entraba en la cabina insonorizada, se sentó en la silla giratoria y se colocó los cascos. DeeAnn ya estaba allí, pero se mantuvo callada al ver su expresión. De acuerdo, tenía que reconocer que la terapia no era la verdadera razón por la que quería volver a ver a Juliet. La verdad era que ella le gustaba. Siempre le había gustado. Incluso cuando le manchó de cereza la camisa; incluso cuando lo rechazó al encontrarlo en la universidad. Incluso en aquellos momentos...

Sobre todo en aquellos momentos.

Recordó la noche anterior. Entre Nora y él habían acabado la botella de vino, mientras que Juliet tan solo bebió una copa y permaneció sentada con las manos cruzadas. Había accedido a verlo el martes, pero no volvió a pronunciar palabra, por lo que Jake tuvo que contentarse en hablar con Nora acerca de su negocio y de la competencia de Irving St. Cloud. Cuando finalmente anunció que se iba a casa porque alguien lo estaba esperando, refiriéndose a su perro, Juliet se limitó a asentir con una sonrisa desdeñosa, como si ya supiera que iba a decir algo así. Jake dejó que se hiciera una idea equivocada. Le gustaba provocarla.

DeeAnn lo miraba expectante, un poco nerviosa. Jake levantó un pulgar y ella se relajó al instante. La canción que sonaba estaba llegando a su fin, tras la cual sonaría la melodía del programa matinal.

—Hola, Portland —dijo al micrófono—. Espero que estéis más despiertos que yo esta mañana. Anoche estuve con unas conocidas y aún no me he recuperado.

—Oh —intervino DeeAnn—. ¿Eran amigas?

—Algo así. Compañeras de la escuela.

—¿En serio? —el rostro de DeeAnn se iluminó. Hasta ese momento había temido que Jake se pusiera a despotricar contra alguien, lo que siempre hacía los lunes por la mañana.

—Deja que te diga una cosa. ¿Recuerdas a Julie Sommerfield, la asesora matrimonial de mi ex con aquellas gafas tan sicodélicas?

Pues resulta que su verdadero nombre es Juliet Adams. O al menos ese era su nombre, cuando estábamos en el colegio.

—¿Fuisteis juntos al colegio?

—Así es.

—¡Y ella se disfrazó para que no pudieras reconocerla! —exclamó DeeAnn—. ¿Cómo la has descubierto?

—Fui a verla.

Al instante se encendieron todas las líneas telefónicas. Jake negó con la cabeza cuando DeeAnn lo miró para preguntarle en silencio si estaba listo para recibir llamadas.

—¿Y bien? ¿Qué pasó?

—Los dos nos quedamos un poco sorprendidos, pero he decidido ir a su consulta para recibir terapia.

—Déjate de bromas —le dijo DeeAnn con una sonrisa, y apagó momentáneamente el micro—. ¡Eres un cerdo! —le susurró, y volvió a conectar el aparato—. ¿Qué piensa ella?

—Al principio no aceptó, pero al final conseguí convencerla para que nos viéramos mañana por la tarde —se preguntó si Juliet lo estaría escuchando, y decidió pensar que sí—. Además, la he invitado otra vez al programa.

—¿Y piensa revelar aquí vuestra conversación confidencial en la consulta?

—De eso nada. Tiene que respetar escrupulosamente la relación terapeuta-paciente.

—Oh, entiendo... Tú puedes hablar de ella, pero ella no puede hablar de ti. ¿Eso no es hacer trampas, Jake?

Jake se imaginó cómo en aquellos momentos Juliet estaría agarrando el volante con fuerza y cómo se le estaría poniendo una expresión de maníaca, mientras escuchaba las palabras de DeeAnn.

—Le dejaré que hable de mí si quiere —anunció al micro—. ¿Has oído eso, Juliet? ¡Podrás tener la última palabra!

Al entrar en el aparcamiento, Julie no pudo frenar a tiempo y el pequeño Volkswagen rebotó como una pelota de goma contra la pared. Julie salió con la respiración contenida, pero soltó el aire aliviada al comprobar que solo le había ocasionado un ligero rasguño al parachoques. Volvió a arrancar y aparcó correctamente, ante la divertida mirada de dos hombres vestidos con traje y corbata.

Reprimiendo las ganas de hacerles un gesto grosero, subió a su oficina y se dejó caer en el sillón. Echó la cabeza hacia atrás y contempló el techo. Había un par de marcas en la escayola, en el lugar donde había intentado clavar un lápiz. Nunca lo había arrojado con la fuerza suficiente, pero estaba segura de que siempre había una primera vez para todo. Oyendo cómo la incitaba la voz de Jake, agarró un lápiz y lo lanzó hacia el techo con todas sus fuerzas. El lápiz se quedó por un segundo clavado, pero entonces se soltó y cayó sobre el escritorio, rodó hacia el borde y fue a parar al suelo de madera.

Julie soltó un gruñido y comprobó el contestador automático. Se quedó perpleja al ver que tenía doce mensajes. Estaba claro que los comentarios de Jake de aquella mañana le habían hecho ganar una horda de nuevos clientes potenciales. Jake tenía razón: gracias a él su fama como terapeuta podría aumentar en la ciudad.

Pero ella no quería deberle nada. ¡No quería ni que Jake le gustase! Ahora toda Portland sabía lo de su relación con Jake. Y lo peor era que ya no tenía ninguna armadura.

Agarró otro lápiz y lo arrojó hacia arriba como una jabalina. El lápiz se incrustó en la escayola con un ruido sordo y suave y se quedó inmóvil.

—Fabuloso —dijo ella satisfecha, y se puso a consultar las llamadas y el correo, echando de vez en cuando un vistazo para comprobar si el lápiz seguía allí.

Le llevó más de hora y media contestar a los mensajes y organizar las facturas. A ese paso, pronto necesitaría la ayuda de una secretaria.

Cuando estaba apuntando al techo con otro lápiz, Carolyn Mathers apareció por la puerta.

—Estupendo. Estás sola.

—Estoy ocupada —dijo Julie.

—Ya lo veo —respondió la mujer. Hizo caso omiso del nuevo pasatiempo de Julie con los lápices y se sentó frente a ella.

—Carolyn —Julie volvió a dejar el lápiz en la mesa—, tenemos que hablar de nuestra relación profesional. Se ha desviado hacia otro nivel, gracias a tus esfuerzos, y no me siento cómoda con el rumbo que está tomando.

—Eres el tema preferido de la ciudad. Jake Danforth te ha hecho famosa. No podrías comprar mejor publicidad.

—Me siento como si esa fama fuera a costa de mi reputación profesional. Pero volvamos al asunto que nos ocupa.

—¿Reputación profesional? Eso lo dirás tú, cariño. Todo el mundo se muere por escucharte. Mi asesora matrimonial se ha hecho famosa, ¡Dios mío!

—Carolyn...

—Sabes que tengo razón. Durante todo esto tiempo tú has tenido razón acerca de mi relación con Floyd, y yo no te he dado toda la confianza que merecías.

—¿Qué quieres decir? —preguntó Julie, consciente de que Carolyn había vuelto a llevarla a su terreno, pero segura de que había algún problema.

—Voy a dejar a Floyd. El divorcio está en marcha. Y mi abogado es tan guapo que me hace llorar. Pero volviendo a ti, Julie...

—¿Divorcio? ¡Espera un momento, Carolyn! —la cortó—. ¿Por qué vas a divorciarte? Amas a Floyd. Al menos, eso es lo que me has estado diciendo desde que vienes a verme. Lo vuestro solo es un pequeño problema. ¿Qué pasa con la piel de oso? ¿Y con eso de que te llevó al Cielo? Creía que habías vuelto a... apreciar a tu marido. ¿Cuándo os planteasteis el divorcio?

—¿Tengo que pagar por hablar de esto? ¿O estamos hablando como amigas?

—Nuestra relación es la propia entre una asesora y una clienta.

—Maldita sea... —Carolyn puso una mueca y reflexionó unos instantes—. Puesto que va a costarme dinero, diré lo que se me pase por la cabeza. Tú limítate a escuchar, ¿de acuerdo?

—Carolyn...

—¿Quieres un cigarro? Me muero por fumarme uno.

—¡Está prohibido fumar!

—Vale, entonces, ssss... —se llevó un dedo a los labios—. Tal vez deberías consultar las cartas del tarot, o a un vidente o algo así. Es innegable que estás en alza, y conoces al hombre a quien deberías agradecérselo. Por cierto... ¿hasta dónde lo conoces? Según lo que él dijo parece que hay algo más entre vosotros dos. Algo que se remonta más allá de la escuela.

Julie se había puesto en pie pero volvió a dejarse caer en el sillón. Para la hora siguiente no esperaba la visita de nadie. No tenía intención de cobrarle la intromisión a Carolyn, pero tampoco de contarle su historia con Jake.

—Así que pienso estar aquí mañana cuando venga a verte —siguió Carolyn—. Podría estar lista para marcharme y...

—¡No!

—... podríamos estar hablando sobre él. No cosas íntimas, claro, sino acerca de lo guapo que es, cuánto te gusta su programa de radio, cuánto significa para ti reencontrarte con un viejo amigo...

—¡No y no!

—... alguien que es tu alma gemela, que te hace sentirte tú misma.

—¡Carolyn, si no te callas voy a ponerme a gritar!

Carolyn la miró pestañeando y esbozó una sonrisa, mientras buscaba el paquete de cigarrillos en el bolso.

—Vaya, vaya, vaya… Ese hombre te ha afectado más de la cuenta.

—No sabes ni la mitad —admitió Julie con un suspiro—. Pero cuando Jake venga mañana, tú no estarás aquí. Y no, gracias, no quiero un cigarro.

—Tal vez necesites terapia —sugirió Carolyn.

Julie la miró en silencio. Era escalofriante pensar que Carolyn Mathers pudiera tener razón.

—Vamos, hombre —se quejó Zipper con su sonrisa esquelética característica. Era un tipo sórdido y corrupto, pero su actitud orgullosa y prepotente, propia del que hacía lo que le daba la gana, atraía a miles de oyentes al programa post-matutino—. Háblame de esa chica.

—A esa «chica» no le gustaría que hablase de ella —respondió Jake mientras intentaba salir de la sala, dejando su sitio para Zipper.

—La conocía de hace tiempo, y ahora ha vuelto. ¿Qué piensa la señora de eso?

—¿Te refieres a Teri, mi ex?

—No es tan ex, amigo, aunque a ti te lo

parezca. Es una mujer a la que le gusta jugar con lo que es suyo o, al menos, con lo que cree que es suyo.

—Teri y yo terminamos hace años. Esto solo ha sido el último acto.

—Claro, claro... —Zipper meneó el dedo frente a la nariz de Jake—. Así tendría que haber sido, pero tú has tenido que meter a esa otra chica por medio, a quien tu ex no ha hecho más que hablarle mal de ti. Luego, pretendes que todo el mundo se entere de lo incompetente que es esta mujer, para que luego resulte que la conocías de hace años. Mmm... es magnífico. Pero tu ex no va a quedarse de brazos cruzados. Una mujer no permite que otra mujer se ponga por delante.

Jake lo miró y no supo qué decir.

—¿Has hablado con tu ex últimamente?

—Un poco.

Zipper asintió.

—Espera y ya verás cómo vuelve corriendo.

Eso era lo que le faltaba, pensó Jake, y salió de la habitación. Entonces se tropezó con Colin, uno de los productores, y soltó un gruñido por lo bajo. Zipper era agobiante, pero Colin era aún peor.

—¡Jake! —le gritó—. ¿Cómo te va con esa terapeuta? ¿Te has acostado ya con ella?

Su voz resonó en el vestíbulo de dos plantas, haciendo que todas las cabezas se volvieran hacia ellos.

—No es esa mi intención —se limitó a responder Jake con una sonrisa. Hacía mucho que había aprendido a no seguirle el juego a Colin.

—Oh, vamos, ¿con esas piernas? Apuesto a que con ellas puede estrujar a un hombre hasta vaciarlo del todo.

—¿Cuándo le has visto tú las piernas? —le preguntó Jake, reprimiendo el deseo de estrangularlo.

—Solo es una suposición, amigo. Y Pammy y Beryl están muy intranquilas por su culpa. Todas tus mujeres se sienten amenazadas. ¿No es genial?

—Tengo una pregunta para ti, Colin —le susurró—, pero que sea algo entre tú y yo, ¿vale?

—Dispara.

—¿Cómo conseguiste el puesto de productor, si no eres más que un completo idiota que trata a las mujeres como objetos sexuales?

Colin frunció el ceño y pensó durante unos segundos.

—Por talento. Deja que te dé un pequeño consejo, amigo. Olvídate de las palabras ñoñas y pasa a la acción. En mi caso recurro al alcohol y al dinero si ella sigue diciendo que no. He descubierto que la combinación de ambos recursos es letal para las mujeres. Confía en mí. Cambiará de opinión en menos que canta un gallo.

—Voy a verla mañana por la tarde. ¿Te importa si le cuento tu teoría? ¿Crees que funcionará?

Colin le dio una palmadita en la espalda y se giró.

—Eres un estúpido, Jake.

—Sí...

Al llegar a casa, intentó olvidar su enojo y llamó a Seltzer. El perro se acercó cojeando, olisqueó su mano y meneó el rabo. Jake le rascó las orejas y, tras comprobar que tenía comida y agua suficiente, se dirigió hacia la cocina.

Se apoyó en la puerta del frigorífico y se preguntó qué estaba haciendo. Esperaba encontrar una cerveza, pero no había ninguna. Había una botella con dos dedos de vino, olvidada en la nevera más tiempo del que podía recordar. Maldición... Cerró el frigorífico y buscó en los armarios, sabiendo que era inútil. No había nada.

Pensó en tomar un trago de ginebra, si podía encontrarla por alguna parte.

Juliet...

Soltó un gemido. Aquello no iba bien. Sus

pensamientos se arremolinaban sin remedio en un torbellino de deseo. La deseaba como jamás había deseado a nadie, y no podía limitarse a una mera noche de alcohol y dinero.

Y realmente tenía unas piernas estupendas.

Sonó el teléfono, y él agarró el auricular distraídamente.

—¿Diga?

—¿Jake?

Era Teri. A Jake se le pusieron los pelos de punta. Maldito Zipper…

—Oh, hola, Teri.

—Esta mañana escuché tu programa.

—¿Ah, sí? —se sujetó el auricular en el hombro y siguió buscando la ginebra.

—¿Julie Sommerfield es amiga tuya? —le preguntó en un tono ofendido—. ¡Ella nunca me lo dijo!

—Es una conocida. Si le hubieras dicho quién eras, seguramente te habría recomendado que fueras a otra psicóloga.

—¿La conociste en el colegio? ¿Desde hace tanto tiempo?

—Es una coincidencia.

—¿Pero ahora vas a verla?

—Bueno, fuiste tú quien me lo sugirió —le recordó Jake, perdiendo la paciencia—. Y fuiste tú quien leyó las cartas del tarot, ¿verdad? Ella no entiende nada de eso. Debería denunciarte por practicar la magia sin licencia.

—Te odio —dijo ella con voz quejumbrosa, como si estuviera llorando.

Jake recordó la advertencia de Zipper. Tal vez Teri no había superado la separación. La idea lo inquietó bastante. No quería volver a verla, y entonces supo que era a causa de Juliet. Hasta entonces tampoco había querido volver con su ex mujer, pero la necesidad de alejarse no había sido tan fuerte como en aquellos momentos.

—¿Qué estás haciendo? —le preguntó ella, oyendo cómo abría y cerraba armarios.

—Buscando un trago. Tengo que irme.

—¡Jake, aún no te dicho por qué te he llamado!

—Creía que era para desacreditar a Juliet.

—¿Juliet?

—Julie —corrigió él—. Antes se llamaba Juliet.

—Bueno, eso no está bien, Jake. No me gusta que vayas a ver a mi terapeuta. No puedes hacerlo.

—Adiós, Jake.

—Iba a preguntarte por qué tenemos que divorciarnos —se apresuró a decir ella—. Esta mañana no podía recordarlo, pero ahora sí. ¡Porque eres un bastardo insoportable!

Jake encontró finalmente la botella de ginebra. ¡Vacía!

—¿Y bien? —lo apremió Teri.

Jake intentó recordar de qué estaban hablando. Estaba acostumbrado a los juegos de Teri. Una vez había creído que la amaba, pero no pasó mucho tiempo después de la boda hasta que se dio cuenta de cómo era su mujer en realidad. Aun así, había aguantado cinco años de matrimonio fracasado, hasta que la intromisión del monitor de Tae Bo lo animó a solicitar el divorcio. Teri no lo consintió, pero entonces lo consultó con las estrellas y le arrojó a la cara los papeles de la separación. Jake estuvo a punto de gritar de alegría. Hablar del tema en la radio no había sido divertido, pero al fin se alegraba de que todo hubiera pasado. Especialmente con Juliet en su futuro.

—¿Y bien qué? —le preguntó con cautela.

—¡No has escuchado nada de lo que he dicho!

—Has dicho que soy un bastardo insoportable.

Teri soltó unos cuantos bufidos, semejantes a los de un gato furioso, y colgó con violencia. Jake hizo lo mismo, con más calma. Al cabo de un momento se dio cuenta de que no le apetecía beber nada. Hablar con su ex había sido la mejor medicina.

Seltzer se acercó y se acostó a sus pies.

—Esa fase de mi vida se ha acabado —le dijo Jake, acariciándolo—. ¿Se te ocurre algún consejo sobre qué debo hacer con Juliet Adams Sommerfield?

Seltzer apoyó la cabeza en el regazo de Jake y lo miró. Parecía estar preocupado.

—No me estás dando mucha seguridad —le dijo Jake, a lo que Seltzer respondió cerrando los ojos y dando un gran bostezo.

Capítulo siete

JULIE se sentó en su despacho, con los brazos extendidos sobre la mesa. Había intentado aparentar que estaba relajada, pero no lo había conseguido. Era martes por la tarde, y Jake Danforth estaba a punto de llegar.

Se dijo que mantendría esa postura hasta que él apareciera. Era una especie de ejercicio isométrico para aliviar la tensión. O al menos, esa era la teoría.

Los brazos empezaban a dolerle cuando por fin oyó que la puerta se abría. Rápidamente, se echó hacia atrás y juntó las manos en el regazo. No, así no... Tenía que parecer que estaba ocupada. Agarró un bolígrafo y un bloc de notas y se quedó mirando la hoja en blanco.

El teléfono sonó, haciéndole dar un respingo. Justo cuando agarraba el auricular, Jake irrumpió en la habitación.

—¿Diga? —preguntó Julie, haciéndole un gesto a Jake para que se sentara.

—¿Juliet? Soy mamá. ¿Cómo estás?

—Muy bien, mamá... Estoy con un cliente.

—Lo siento. Creía que dejabas puesto el contestador cuando tenías trabajo.

—Lo hago, pero hoy me he olvidado.

—Ayer estuve escuchando a Jake Danforth. Dijo que seguramente volvieras a su programa.

Su madre hablaba tan alto que Julie se preguntó si Jake se estaría enterando.

—No sé nada de eso.

—Avísame, ¿quieres? Quiero decírselo a la tía Doris y a tus primos de Silverton.

—Te llamaré más tarde.

—Dile lo mucho que me gusta su programa. Consigue animarme la mañana.

—Lo recordaré. Adiós.

Colgó y conectó el contestador automático.

—Me alegra que a tu madre le guste mi programa —dijo Jake. Era obvio que se había enterado de todo.

—Sí, bueno, también le gusta la «telebasura».

—No puedes perder una oportunidad para provocar a alguien, ¿verdad?

—Lo siento —murmuró ella apartando la mirada. Jake tenía el mismo buen aspecto que siempre. Vaqueros, camisa caqui y su eterna chaqueta negra de cuero, combinados con su encantadora sonrisa y sus increíbles ojos azules...

—Bueno, ¿qué es lo que haces aquí? —preguntó él mirando a su alrededor.

—Aconsejar a las personas.

—Me refiero a cuál es tu rutina. ¿Qué empiezas haciendo? —levantó las manos y sonrió.

Julie carraspeó y se obligó a olvidar quién era el que tenía sentado enfrente.

—Por lo general empiezo indagando en los antecedentes familiares. Luego, dejo que el paciente encuentre el modo de expresar sus propios sentimientos.

—De acuerdo —concedió Jake—. Indaga.

—Si te preguntaran cómo te ves respecto a tu familia, ¿qué responderías?

Él pensó unos segundos en la pregunta. Hasta en silencio estaba irresistiblemente atractivo... ¿Cómo podía un hombre mejorar tanto con la edad?

—La gente dice que me parezco a mi madre, pero que me comporto como mi abuelo.

—¿Cómo?

—Decidido y resuelto, tal vez incluso cabezota.

—Mmm...

—¿Vas a tomar apuntes sobre mí en ese cuaderno?

—Esos rasgos que has mencionado pueden ser positivos o negativos, dependiendo de cómo los lleves a la práctica.

—En mi matrimonio fueron bastante negativos. Teri decía que yo era el típico Tauro. Todas esas tonterías del zodiaco me sacaban de quicio, pero ahora lo veo de otro modo. Hoy he consultado mi horóscopo en el *Oregonian* y me ha advertido que tenga cuidado con una conocida.

—Falso. Tu horóscopo dice que esperes lo inesperado en el amor.

—¿Ah sí? —preguntó él arqueando las cejas.

¡Maldición! La había pillado.

—Yo también soy Tauro —explicó—. Y sí, de vez en cuando leo mi horóscopo.

—En el amor... —repitió él, arrastrando las palabras—. Me gusta.

—Presupongo que sigues interesado en tener una cita. ¿Alguna novedad?

—¿Quieres decir desde que me rechazaste? —le lanzó una mirada desafiante.

Julie había temido que hablaran de aquello; entonces ¿por qué se quedó sin respiración? No quería que Jake le gustara. Deseó con todas sus fuerzas mantener sus sentimientos controlados.

—Yo no te rechacé. Sabía que... que estabas bromeando al respecto.

—¿Lo estaba?

—Sí —declaró con firmeza—. Así que sigamos —añadió rápidamente—. ¿Qué clase de mujer estás buscando?

Jake aguardó un momento antes de contestar.

—Alguien inteligente. Atractiva, con sentido del humor... No me gustan demasiado mis compañeras de trabajo.

—¿Por qué no buscas en un gimnasio?

—Ya estoy apuntado en uno, en la esquina de la calle Diecinueve. De hecho...

—¿Sí? —preguntó ella cortésmente. ¡No le gustaba nada la idea de que siguiera su consejo y encontrase alguna mujer escultural en su gimnasio!

—Me he fijado en una mujer en particular —dijo lentamente—. Es rubia y hace mucho deporte. La he visto varias veces en el gimnasio, pero nunca le he dicho nada —le clavó la mirada a Julie—. ¿Crees que debería hacerlo?

—Eres tú quien tiene que decidirlo —Julie sintió que se le envenenaba la sangre. Reconoció, horrorizada, que estaba celosa—. ¿Quieres hacerlo?

—Todos los hombres del local están locos por ella. Si me rechaza, podría herirme seriamente —dijo él con una mueca.

—Tal vez deberías empezar con una simple conversación y ver qué pasa.

—De acuerdo... Iré allí esta noche. ¿Por

qué no vienes conmigo?

—¿Yo? ¿Por qué?

—Como mi invitada... y psicóloga. Si me da calabazas, te tendré a mi lado para buscar apoyo.

—Lo siento. Esta noche estoy ocupada.

—Ya... —apoyó las manos en la mesa y se inclinó hacia delante—. Creo que estás mintiendo.

—Oh, ¿en serio? —replicó ella.

—Creo que tienes miedo de pasar tiempo conmigo, como si yo te asustase.

—¡Oh, por amor de Dios! ¡No tengo miedo de nadie! Es solo que... no estoy libre esta noche.

—¿Por qué no?

—Eso es asunto mío.

—Convénceme de que es cierto.

—He... quedado con alguien.

—Tráete a esa persona también.

—No puedo.

—Eres una mentirosa —volvió a decirle con una sonrisa irónica.

Romeo... Julie quería ponerse a gritar.

Shakespeare tenía razón: «... mi único amor nace de mi único odio». ¿Era así como lo decía? Fuera como fuera, ¿por qué tenía Jake Danforth que provocarle aquellos vuelcos en el corazón? ¿Por qué no podía encontrar a un hombre bueno e íntegro como...

como Miles Charleston? Bueno, no. Tal vez no fuera ese el mejor ejemplo. Miles vivía postrado a los pies de Candy.

¿Por qué no podía ser alguien que no fuera Jake? ¿Por qué?

Jake la miraba como un conquistador. La tenía contra las cuerdas y él lo sabía. Era el momento de pasar a la ofensiva, de modo que Julie se inclinó hacia delante y apoyó las manos en la mesa.

—No soy una mentirosa, Jake —hizo una pausa y respiró hondo—. Si miento, que se me trague la tierra ahora mismo.

Se quedaron mirándose en silencio durante unos segundos. La tierra no se abrió, pero el lápiz se desprendió del techo y cayó sobre la cabeza de Julie.

—Te veré en el gimnasio —dijo él—. A las seis en punto.

Y sin decir más salió del despacho con toda su arrogancia.

Julie se quedó con el lápiz en la mano, reprimiéndose para no arrojárselo a la espalda.

—¡Los vestuarios están a la derecha del pasillo! —le dijo la recepcionista a Julie, y entonces vio a Jake y casi saltó de alegría—. Hola, señor Danforth. ¿Cómo se encuentra hoy?

—Muy bien, Carrie. ¿Y tú?

—De perlas —respondió con una risita. Julie giró sobre sus talones y se encaminó al vestuario, sintiéndose como si fuese al encuentro de un pelotón de fusilamiento.

En una esquina, separada por una serie de taquillas de la gran sala, Julie se cambió y se miró en el espejo que ocupaba la pared opuesta. Llevaba pantalones cortos, un top y zapatillas deportivas con calcetines blancos. Intentó imaginarse haciendo ejercicio al lado de Jake y soltó un fuerte gemido.

—¿Qué demonios hago aquí? —murmuró.

—¿Es tu primera vez?

Julie miró a su alrededor con desgana. Una mujer bajita con unas mallas moradas y un cuerpo envidiable le sonreía.

—Bueno… sí.

—Ponte de pie y echa los hombros hacia atrás —le dijo la mujer, al tiempo que hacía lo mismo, sacando pecho y respirando profundamente. Levantó los brazos sobre la cabeza y se dobló por la cintura hasta tocar el suelo. Parecía una modelo de revista.

Julie se volvió a mirar en el espejo e intentó hacer el ejercicio, sin éxito. Dejó escapar el aire con un sentimiento de derrota. Aquello no iba bien.

Guardó la ropa en la taquilla y, tras echarse una toalla al hombro, se dirigió hacia el gimnasio. ¿Por qué había aceptado la invitación de Jake? ¿Por qué no había sido capaz de rechazar el desafío?

«Porque eres una Tauro... un toro cabezota».

En la sala de musculación, la gente sudaba y gruñía por el esfuerzo de las pesas. Jake Danforth estaba echado en una banca, levantando y bajando una barra. Julie se quedó un momento observando los fibrosos músculos de los brazos, cómo se movían bajo la piel de un modo tan sensual que le provocaba un hormigueo en el estómago.

Jake dejó la barra en la sujeción y se sentó, viendo a Julie antes de que ella pudiera moverse. Le hizo una seña para que se acercara.

—Es esa de ahí —le dijo, señalando con la cabeza a otro de aquellos cuerpos formidables.

Rubia, bronceada, cintura estrecha, fuertes muslos y pechos prominentes. Todo lo que Julie se había imaginado.

—Ya veo... —tragó saliva con dificultad.

—¿Cómo crees que debería acercarme a ella?

—No lo sé.

—Bueno, ¿no tienes ninguna sugerencia?

—Soy una asesora matrimonial, no una

miembro del club de corazones solitarios. Tendrás que averiguarlo por ti mismo.

Jake se echó a reír, lo que la irritó bastante.

—De acuerdo, iré a hablar con ella, pero antes quiero verte haciendo pesas.

—No soy una levantadora de pesas...

—Ven aquí.

—No, Jake. Solo he venido porque tú no me has dejado opción. Ni siquiera sé para qué me quieres aquí.

—¿No lo sabes?

Su penetrante mirada y el tono sedoso de su voz le provocaron a Julie un estremecimiento. ¿Estaría coqueteando? ¡No! No podía pensar así...

—No, no lo sé —dijo entre dientes—. Ve y pídele que salga contigo. Tengo una cita pendiente.

Jake ignoró el comentario. Los dos sabían que era mentira, pero Julie aún mantenía la esperanza de que la creyese.

—Siéntate aquí —le indicó un aparato con barras y almohadillas negras de vinilo, que bien parecía un instrumento de tortura.

Julie pensó en protestar, pero sabía que no le serviría de nada.

Se sentó y Jake le puso las manos sobre unos mangos.

—Ahora tira de los remos hacia tu pecho.

—¿Remos?

—Eso es. Sirven para ejercitar los tríceps y los antebrazos.

Julie tiró varias veces y abandonó, pero ante la mirada de Jake soltó un suspiro y siguió trabajando. Tal vez si lo hacía con regularidad, a pesar del gran esfuerzo, podría acabar pareciéndose a las demás mujeres del gimnasio. Tal vez...

«Tal vez estés buscando una manera de pasar tiempo con Jake...».

—Vaya, hola —dijo una voz masculina.

Julie detuvo los remos y se encontró con un desconocido. No estaba mal, para quien le gustase el encanto hipócrita de un hombre.

—Hola —respondió con cautela.

—Así que has venido con mi amigo Jake, ¿eh? ¿Qué piensas de él?

Julie miró a Jake, que estaba hablando con uno de los monitores.

—¿Jake Danforth es tu amigo?

—Trabajamos juntos. ¿De qué lo conoces? —le preguntó con curiosidad, y chasqueó los dedos al ocurrírsele la respuesta—. Tú eres la del disfraz de bruja. La asesora matrimonial de su ex.

—Yo... sí, bueno... —reconoció ella, titubeando.

—¡Sabía que tenías unas piernas formidables! —dijo él con orgullo. A tu amigo Jake le encantan las conquistas, ¿eh?

—Fui una invitada en su programa —le recordó ella fríamente—. No una novia.

—Pero estás aquí ahora, ¿no? Eso es muy comprometedor... —se rio con fuerza—. Eh, no te ofendas. Solo te estoy avisando. A Jake le gusta ir tras las mujeres frías. ¿Sabes a lo que me refiero? Incluso cuando estaba casado se arrojaban a sus brazos, lo que ponía histérica a su mujer.

—No lo sabía —murmuró ella. ¿Jake Danforth un mujeriego? Empezaba a ponerse enferma.

El hombre volvió a reírse y le tendió la mano.

—Colin McNary. ¿Y además de ser la mujer más atractiva del gimnasio tú eres...?

—Julie Sommerfield —le estrechó la mano—. Así que eres un halagador, ¿eh? —le dijo secamente—. ¿Te suele ir bien así?

—Mucho.

—Seguro que sí.

—Y si quieres poner celoso a Jake —le susurró al oído—, yo soy tu hombre.

Al otro lado de la sala, Jake tuvo un sobresalto. ¡Colin! ¡Y hablando con Juliet! Dejó de hablar con el monitor y se dirigió rápidamente hacia ellos. Observó horrorizado cómo Juliet parecía muy contenta de hablar con él. ¿Por qué las mujeres encontrarían tan atractivo a esa víbora?

—¿Podría hablar contigo un momento? —le preguntó a Colin tirando de él—. ¿Qué estás haciendo? —le susurró cuando se hubieron apartado lo suficiente.

—Ligando con tu cita —reconoció él sin dudarlo—. Observa y aprende, amigo. Observa y aprende...

Hizo ademán de volverse hacia Juliet, pero Jake lo agarró del brazo.

—¿Con alcohol y dinero?

—Ese es el plan. Ahora, suéltame para que pueda invitarla a tomar una copa y... lo que sea...

El único modo de detenerlo era usando la fuerza física, lo cual no sería muy buena idea con docenas de personas alrededor. De modo que se limitó a seguir a Colin hasta Juliet, que se había cambiado a otro aparato.

—Ah, ejercicios de piernas —dijo Colin—. Me encanta una mujer que hace levantamientos con las piernas. Sobre todo con unas piernas así...

Para consternación de Jake, Juliet negó con la cabeza, sonrió y le dijo:

—Eres un diablillo con un pico de oro —Colin se vanaglorió al oírlo, mientras que

Jake se quedaba atónito. ¿Qué verían las mujeres en McNary?

A medida que los dos charlaban y coqueteaban, más difícil le resultaba a Jake ocultar sus sentimientos, y no pudo aguantar más cuando Colin ayudó a Juliet a colocarse en otro aparato. Se dio la vuelta y se dirigió hacia la rubia que le había señalado antes a Juliet. Estaba ejercitando los muslos, mientras contaba mentalmente las veces que juntaba las rodillas. Jake pudo ver el esfuerzo que le costaba mantener la cuenta. Sus labios se movieron y asintió ligeramente.

No era una mujer excepcional, pero al menos tenía un rostro bonito y un buen cuerpo.

—Hola —la saludó, y carraspeó al darse cuenta del tono tan gruñón de su voz—. Soy Jake.

La chica soltó los remos y lo miró con ojos muy abiertos.

—¡Lo sé!

—Nos hemos visto por aquí. Tenía intención de saludarte pero...

—¡Oh, ya lo sé! ¡Me alegra que te hayas acercado por fin!

—Sí, bueno... —miró a Juliet. Colin había deslizado la mano bajo su rodilla, enseñándole alguna clase de movimiento en la que era mejor no pensar—. ¿Te apetece venir a tomar algo cuando hayas acabado? —le preguntó de sopetón a la mujer.

—¡Oh, Dios mío! ¡Sí! ¡Dios mío, Dios mío! —se llevó la mano a la boca—. Tenía la esperanza de que me lo pidieras. Eres Jake Danforth, el de la radio, ¿verdad?

—Correcto.

—¡Oh, me encanta! ¡Dios mío! Estaré lista en un minuto. ¡No puedo creerlo!

—Yo tampoco —dijo él sin mucha convicción.

Julie fingió no ver cómo Jake hablaba con la rubia. Mantuvo la mirada fija en Colin y la sonrisa en su rostro. ¿Por qué habría ido al gimnasio?, volvió a preguntarse. ¿Por qué?

—¿Por qué no te vienes a tomar un trago y así repones todo el líquido que has perdido al sudar? —le sugirió Colin.

—No, gracias —negó ella con firmeza. Si Jake no podía oírlos, no tenía sentido seguir halagando a Colin.

Jake volvió un momento después, con la rubia trotando a sus talones. Era un derroche de dientes y energía. Tan pronto como Julie se bajó del aparato, la chica se sentó y empezó a separar y a juntar las piernas. El movimiento rítmico era casi sexual, al menos para Julie, quien se dio la vuelta y se dirigió hacia las duchas.

—Juliet... —la llamó Jake.

—Me llamo Julie —replicó ella en un furioso susurro—. ¿Crees que podrás recordarlo, al menos por una sola vez?

Él la miró muy de cerca, y ella se preguntó si estaría tan sudorosa como esperaba estar. Había ejercitado todos sus músculos como si fuera un trabajo, tan solo porque quería que Jake Danforth lo notase.

—Me gusta más Juliet que Julie —le dijo él suavemente.

—En estos momentos no me gusta ni uno ni otro nombre —respondió ella, y pasó a su lado hacia las duchas.

Volvió a salir veinte minutos más tarde, con los mechones mojados cayéndole sobre las sienes. Se había puesto unos vaqueros negros, un jersey negro de cuello alto y una chaqueta de cuero, también negra.

—Pareces una motociclista —dijo Colin con admiración.

La rubia aún no había salido, pero Jake estaba allí, también con el cabello húmedo.

—Tengo que irme. Mañana tengo muchas cosas que hacer —murmuró ella.

—Oh, vamos, nena —la animó Colin—. Solo un trago.

Julie lo miró fríamente.

—Jamás tomaría un trago con alguien que me llame «nena».

—No le gusta su nombre —añadió Jake.

—Lo siento. Vamos a ir al Blue Moon, y me gustaría invitarte a una cerveza.

—¿Vamos?

—Babbs y yo también vamos —aclaró Jake.

—¿Babbs? ¿Es así como se llama?

—¡Otro punto para Jake! —exclamó Colin. Quiso chocar la palma con él, pero Jake se metió las manos en los bolsillos. La irritación era visible en su rostro—. Bueno, ¿qué dices? —apremió a Juliet—. ¿Un trago?

Juliet miró a Jake, quien estaba buscando a Babbs con la mirada. Fue su aspecto de sufrimiento lo que la ablandó y le hizo decir:

—Claro, ¿por qué no? Un solo trago no puede hacer daño.

Tres tragos más tarde Julie estaba apretujada en el banco del Blue Moon junto a Colin, que le bloqueaba la salida y no parecía dispuesto a dejarla marchar. Jake estaba sentado frente a ella, con Babbs a su lado. Aunque Julie había empezado a tomar soda con limón después de beber su primera y única cerveza, estaba preocupada por el tiempo que transcurría.

Y no le gustaba estar atrapada tan cerca de Jake Danforth.

—Tengo que estar en la radio a las seis de la mañana —explicó él. A Julie la complació saber que Jake se tomaba tan serio su trabajo como ella. Colin, en cambio, no parecía tener ningún problema en beber y divertirse hasta tarde. Y tampoco Babbs. Por el modo en que se reía y se disculpaba por que se le subiera el vodka a la cabeza, Julie sospechó que estaba intentando conseguir que Jake la llevara a casa. Jake, sin embargo, no parecía muy excitado por esa posibilidad.

En cierta forma, la velada estaba resultando un éxito. Jake no se estaba divirtiendo con Babbs, y a Julie no le interesaba nada Colin.

—De verdad, tengo que irme —dijo ella, cuando Jake la pilló mirando el reloj.

—No es exactamente la velada que esperaba —murmuró él, mientras Babbs y Colin le pedían más bebidas a la camarera.

—¿Y qué era lo que esperabas? —le preguntó tranquilamente Julie.

Como única respuesta, Jake le rozó el zapato con la punta del suyo. Para Julie fue como recibir una descarga eléctrica, y tuvo que apartar la mirada.

Cielos... ¿Se había ruborizado? Justo cuando pensaba que las cosas no podían ir peor... ¡Bam! Desastre total.

La risa profunda de Jake indicaba que él también se había dado cuenta. Julie odió ser tan transparente.

—Tengo que irme —dijo, y empujó a Colin para poder salir—. Ha sido muy agradable, chicos. Y Babbs... —le estrechó la mano a la rubia—. Ha sido un placer. Mañana intentaré oír tu programa, Jake. No, no te levantes —le dijo al ver cómo se movía.

Se fue antes de que él pudiera alcanzarla. Jake casi había levantado a Babbs en el intento, quien, en vez de permitirle que se levantara, se aferró a él como un pulpo.

—Quiero bailar —le susurró al oído—. Y hacer algo más...

—Tal vez en otra ocasión —dijo él intentando soltarse.

—Solo un baile —lo miró seductoramente, batiendo las pestañas. Pero al girarse hacia la pista de baile, tropezó con uno de sus tacones y cayó sobre Colin.

—Yo bailaré contigo —le dijo Colin, y antes de que pudieran decir otra palabra, Jake se marchó.

Capítulo 8

JULIE deseó con todas sus fuerzas que el sueño la venciera. Hubiera querido hablar con Nora, pero su amiga estaba viendo una película alquilada y, de todas formas, Julie no sabía qué decir. Se había tumbado en el sofá a terminar de ver la película, pero no escuchó ni una sola palabra de los diálogos, por lo que acabó yéndose a la cama.

No hacía más que pensar en los sucesos de aquella tarde. En haber visto a Jake con Babbs; en haber sentido su pie contra el suyo… En darse cuenta de que Jake estaba más interesado en ella que en la rubia. Recordó con vivo detalle la noche del baile, años atrás. No le parecía justo que algunos recuerdos fueran tan poderosos e imposibles de olvidar, mientras que otros, seguramente mucho más importantes, se perdieran para siempre. Y era aún más injusto que pudiera rememorar cada susurro, cada matiz de aquella noche, y no pudiera recordar nada especial de sus meses de matrimonio. Resignada, soltó un suspiro y dejó que las viejas memorias volvieran a apoderarse de ella.

Aquella noche se había mantenido alejada de la pista de baile. Su compañero, un chico bastante bobo llamado Tom, había alquilado una limusina con otros estudiantes. En el coche eran tantos que Julie apenas tuvo espacio para sentarse. No le gustaba su vestido, y si había aceptado la invitación era por insistencia de Tom, quien nada más llegar a la fiesta se puso a beber descontroladamente. Por eso, Julie se echó el chal por los hombros y salió al exterior, preguntándose cómo iba a volver a casa si no quería esperar a Tom.

Se entretuvo pensando a qué universidad iría. Tal vez a Hawai, donde podría atiborrarse de cocos y piñas, tostarse al sol y bañarse en el mar entre clase y clase. Naturalmente, su familia no tenía dinero para mandarla a un sitio así, pero era una bonita ilusión que la hacía sonreír.

Había sentido la presencia de alguien a su lado, pero no se dio la vuelta para ver quién era. No le importaba. El instituto ya le parecía algo muy lejano, y estaba deseando olvidar su adolescencia por completo y soñar con la universidad.

—¿Tienes frío?

La voz le hizo dar un respingo. Se giró, convencida de que no era quién se imaginaba. Pero sí. Allí estaba Jake Danforth, el chico más codiciado del instituto. El Romeo por excelencia.

—La noche es demasiado cálida para tener frío.

—Sí, pero tu chal está plagado de agujeros —observó él tocándole el hombro desnudo con la punta del dedo.

—Mi cita se está emborrachando y no sé si quiero volver en la limusina con él, acompañados por otras parejas igualmente borrachas.

—Mi novia está llorando en los servicios.

—¿Qué le has hecho? —le preguntó, sorprendida por aquella revelación.

—Bueno, no le he tirado manzanas ni cerezas, si es eso a lo que te refieres —respondió él con una sonrisa torcida.

—¿Le has retorcido el brazo a la espalda hasta hacerla gritar?

—No —Jake frunció el ceño—. Al menos, no lo creo.

—¿Así que has abandonado ese particular método de tortura?

—¿De verdad te hice yo eso?

Parecía tan preocupado que Julie tuvo que reprimir una carcajada.

—Oh, sí. Mis tendones pueden demostrártelo —Jake la miró acongojado, y ella no pudo evitar la risa—. Solo estaba bromeando. Tú eras más bien la clase de chico que atacaba desde lejos. ¡Y con muy buena puntería!

—Tampoco tú tenías un mal tiro —respondió él, más aliviado.

—Bueno, ¿por qué está llorando tu novia? —le preguntó con curiosidad.

—Le dije que estaba pensando en ir a una universidad de la Costa Este y que no podía esperar a que ella acabase el instituto.

—Eso es muy cruel. En serio, la gente odia que le hablen así...

—No te burles —la miró con atención, como si la estuviera viendo por primera vez—. Así que se ha encerrado en los servicios a llorar. Me ha dicho que me vaya, y creo que eso debería hacer. Tengo el coche en...

—¿Cómo? ¿No has venido en limusina?

—Intento ahorrar unos cuantos pavos —reconoció él—. Creo que también está llorando por eso.

—Supongo que no querrás llevarme a casa...

—Me encantaría.

Julie localizó a Tom, que estaba hablando con otra chica, le dijo que se marchaba y él se limitó a despedirse con la mano. Jake la estaba esperando fuera, y los dos condujeron en silencio por la ciudad. Julie no protestó cuando no la llevó directamente a su casa. Era como si hubiesen establecido un acuerdo tácito, y pronto se encontraron en la terraza de la casa de Jake, contemplando las luces de la ciudad a sus pies.

La brisa acariciaba los cabellos y el vestido blanco de Julie. Jake se quitó la chaqueta y la corbata y se arremangó los puños de la camisa. Los dos siguieron en silencio, e incluso años más tarde Julie seguía preguntándose por qué no habían hablado. Era como estar atrapada en una fantasía romántica de la que no podía escapar. O de la que no quería escapar... Y cuando, finalmente, él le sujetó la barbilla con las manos y la besó, ella se derritió como cera fundida.

Jake la tomó de la mano y juntos bajaron por los escalones de piedra que conducían a la casa de huéspedes. Era un edificio de una sola habitación, seco y polvoriento, pero el olor de los cerezos y la luz de la luna entraban por la ventana abierta y se propagaban por la cama. Jake apartó las sábanas y las estiró sobre el colchón, no de un modo violento sino porque la cama era el único lugar donde sentarse.

—¿Y a qué universidad piensas ir? —le preguntó ella sentándose en el borde. Podía ver las sombras de sus pantalones negros y su camisa blanca. Podía ver el perfil de su rostro y sus cabellos, pero no su expresión.

—No lo sé. Tal vez a ninguna parte —el grave tono de su voz le produjo a Julie un escalofrío por la espalda—. Quiero hacer algo más. Cualquier cosa que no esté haciendo ahora...

La intensa fragancia de los cerezos, las sombras de la luna, la silueta de Jake tendida en la cama... Todo embriagaba a Julie y le hacía tener turbadores deseos, como quitarse el vestido, desnudar a Jake y apretarse contra su piel desnuda.

La imagen la asustó. Tragó saliva y desvió la mirada.

—A veces me siento como si estuviera caminando sin avanzar —dijo ella con voz temblorosa.

—Exacto —Jake suspiró y se acostó de espaldas, mirando al techo—. Siempre me estoy preguntando: «¿Qué demonios estás haciendo?», y nunca tengo una respuesta —la miró con curiosidad—. ¿Alguna vez te has hecho esa pregunta?

—Me la estoy haciendo ahora —reconoció ella.

—¿Quieres decir... estar aquí conmigo? —le preguntó clavándole la mirada.

—Debería irme a casa.

No podía dejar de mirarlo. Sus palabras rivalizaban con sus sentimientos, y sus sentimientos se mostraban con toda su fuerza.

—Sí, deberías irte —corroboró él en un susurro.

Pero cuando alargó una mano hasta la

suya y tiró de ella hacia él, Julie no intentó apartarse. En un momento estaban hablando, y al siguiente estaban besándose, al otro desnudándose, al otro estaban tumbados uno sobre otro, al otro respirando con dificultad y al otro...

Julie saltó de la cama y se acercó a la ventana. Tenía el rostro acalorado y dejó que la refrescara el aire nocturno de noviembre.

—¡Ya está! —exclamó en voz alta.

Unos segundos más tarde oyó unos pasos por el pasillo. Nora llamó ligeramente a la puerta antes de asomarse a la habitación.

—¿Qué pasa? —preguntó bostezando.

—Estaba fantaseando con Jake Danforth —declaró con voz desafiante—. Pero ya está bien.

—Claro... —Nora se volvió hacia el pasillo.

—Lo digo en serio. He dejado que me afecte durante demasiado tiempo, pero eso se acabó.

—Entonces no irás mañana a su programa, ¿verdad?

—¡Por supuesto que no!

La risita de Nora hizo que Julie apretase los dientes con furia.

—¡No lo haré! —le gritó—. ¡No lo haré! ¡Y nada me hará sintonizar su maldita emisora! ¡Lo juro!

Julie conducía con una sola mano a través del tráfico matinal, mientras con la otra sintonizaba el dial de la radio. Había mentido. No había pasado ni un minuto escuchando música, cuando de nuevo volvía a buscar frenética el programa de Jake.

¡Odiaba ser tan predecible!

De repente oyó su voz, pausada y segura. A los diez segundos de oírlo hablar con DeeAnn sentía que las lágrimas afluían a sus ojos.

«¿Qué demonios me pasa?», pensó con preocupación.

—Oh, Dios mío —gimió derrotada, viendo el tráfico congestionado delante de ella—. Creo que necesito terapia.

—Parece que pasaste una noche muy agradable —dijo DeeAnn por el micrófono y luciendo una amplia sonrisa—. Una cita, ¿eh? ¿Quién ha sido la afortunada?

—¿Quién ha dicho que tuviera una cita? ¿Zipper? No puedes creerte nada de lo que diga.

—Ha sido Colin.

—Para aquellos que no lo sepáis, Colin es uno de nuestros productores —informó Jake mirando enojado a su compañera. Se suponía que el papel de DeeAnn en el pro-

160

grama era el de apaciguadora, no el de echar más leña al fuego—. Colin es un célebre mentiroso que sale con una mujer distinta cada noche, de modo que, cuidado con él, Portland. Va siempre muy repeinado para cubrirse la calva y luce un traje de poliéster, pero el tío lo que quiere siempre...

Mentiras, mentiras, mentiras... Colin lo mataría por eso; aunque era él quien merecía morir por haberle intentado robar a Juliet.

Las luces de las llamadas se encendieron todas a la vez, como siempre. DeeAnn señaló uno de los botones y Jake lo pulsó.

—¿Hola? —saludó, convencido de que DeeAnn había atendido antes esa llamada.

—¡Oh! ¡Hola, Jake! —parecía una chica de doce años. Jake miró a DeeAnn, quien se limitó a encogerse de hombros—. ¡Soy Paisley!

—¿Paisley? Mmm... ¿Cuántos años tienes?

—Trece. Bueno, casi. Pero te llamo para decirte algo de mi madre. ¡Está loca por ti! Es muy guapa, ¿sabes? Si quieres salir con una mujer, llámala. ¡Por favor, llámala!

—Bueno, Paisley, estoy seguro de que tu madre es bellísima, pero no estoy buscando ninguna cita.

—¿No es por eso por lo que fuiste a esa loquera?

161

Jake volvió a mirar a DeeAnn.

—¿Te refieres a Julie Sommerfield? —preguntó con cuidado, sabiendo que Juliet estaba escuchando.

DeeAnn sonrió, y también Zipper, que acababa de abrir la puerta de la cabina. Jake sospechó que estaban tramando algo.

Las siguientes llamadas fueron para preguntarle por su sesión de terapia o por su cita. Muchas oyentes querían saber cuándo iba a volver Juliet al programa. Cuando hubieron transcurrido casi dos horas, Colin apareció al otro lado del cristal de la cabina, con los brazos en jarras y mirando furioso a Jake.

Seguro que había sido por hablar de su calva...

—Parece que tenemos un tema interesante de qué hablar —dijo DeeAnn, haciéndole a Jake un gesto para que no contestase más llamadas—. Algo que has estado evitando, pero que está muy claro que llena tus pensamientos.

—¿Ah, sí? ¿De qué se trata?

—Sexo.

Jake dudó por un segundo. Aquello era obra de Zipper. No, seguramente de Colin... O quizá de ambos. Y DeeAnn era el instrumento perfecto.

—El sexo parece ser el tema favorito de

mucha gente —dijo él consultando la hora.

—Todo el mundo te pregunta por Julie Sommerfield. Tuviste una sesión de terapia con ella, y lo único que has mencionado al respecto es que viste muchos lápices desperdigados por la consulta. Y de tu cita con ella solo has dicho que fuisteis a un gimnasio.

—Fue una cita doble. Pregúntale a Colin. Él fue quien salió con Juliet.

—La sigues llamando Juliet... ¿No te parece algo freudiano?

—Es su nombre.

—Según lo veo yo, y creo que casi todos tus oyentes, Jake Danforth, parece que estás sufriendo un serio problema de frustración sexual, y su nombre es Julie, no «Juliet», Sommerfield.

Jake sabía que debía decir algo, negar aquellas palabras... Al otro lado del cristal, Zipper y Colin se daban palmaditas en la espalda y sonreían como las galletas de Nora.

Miró a DeeAnn, quien tuvo la decencia de parecer avergonzada. Volvió a consultar la hora. Solo faltaban diez segundos para acabar...

—Bueno, DeeAnn, tal vez estés en lo cierto —repuso arrastrando las palabras.

Colin, Zipper y DeeAnn se quedaron boquiabiertos. Ninguno de ellos esperaba una confesión personal en directo.

—La verdad es que lo estoy pasando bastante mal por Juliet Sommerfield. Me ha dado muy fuerte y no sé si hay algún remedio. Me temo que nunca pueda superarlo. Hasta la vista, Portland. Os mantendré al tanto —se despidió alegremente, preguntándose cuál sería la reacción de Juliet al oír eso.

Al otro lado del cristal, Zipper sonrió y apuntó a Jake con los dos dedos índices. Entonces, juntó las palmas e hizo una pequeña reverencia. Estaba encantado de que Jake lo hubiera derrotado en su propio juego.

—No puedo pagarte —repitió Miles por quinta vez—. Me siento fatal, pero Candy no lo entiende. Lo siento mucho. Tendría que habértelo dicho al pedirte la cita. ¿Debo irme?

—No, Miles —respondió Julie por quinta vez— No te preocupes por el dinero. Sé que tu situación económica no está pasando por su mejor momento. ¿Cómo va tu matrimonio?

Miles se estrujó las manos y se puso a vagar por la habitación. Normalmente, se quedaba sentando en el sillón con expresión avergonzada. Pero desde que Candy volviera a su vida y a tomar el control de su cuenta bancaria, Miles parecía estar en un estado de constante inquietud.

—El amor exige mucho —dijo de repente, poniéndose colorado.

—Sí, Miles, a veces exige mucho —respondió ella.

Quería mostrar compasión, pero lo único en lo que podía pensar era en lo que Jake había dicho por la radio aquella mañana... algo que también habían escuchado su madre y Carolyn Mathers, cuyas llamadas no habían dejado de atosigarla.

—¿De verdad estás viendo a ese tipo de la radio? —le preguntó Miles, como si pudiera leerle el pensamiento.

—No.

—¿Quieres verlo?

Parecía muy ansioso y esperanzando de saber la respuesta, como si los detalles de la vida amorosa de Julie pudieran hacerle olvidar sus propios problemas. Julie quiso mentirle, pero no podía faltar a la verdad con Miles, tan cándido e inocente.

—Sí —reconoció.

Miles asintió compasivamente.

—¿Le has contado cómo te sientes?

—¡No, por Dios!

—Tal vez deberías hacerlo. Puede que sienta lo mismo que tú y que no hayáis encontrado la forma adecuada de comunicación.

—No lo entiendes —lo desengañó ella—. Jake y yo tenemos una historia en común.

—A veces una historia compartida sirve de unión entre dos personas. Leí en alguna parte que casi todos los matrimonios estables son aquellos en los que la pareja se conocía de mucho tiempo antes. En el colegio, en el instituto, en la universidad... Mientras más largo sea ese tiempo, más posibilidades hay de que el matrimonio funcione. Al menos, eso es lo que dicen las estadísticas.

—Sí, yo también he oído algo parecido. Y con frecuencia es cierto. Pero en nuestro caso... —negó con la cabeza—. Además, Jake tiene ese programa en el que lo cuenta todo. No hay secretos ni intimidad. No me extraña que su primer matrimonio fuera un fracaso.

—No creo que haya dicho nada malo sobre ti en su programa.

—¿Estás de broma? ¡Sí que lo dijo!

—Eso fue antes de que supiera quién eras —le recordó Miles—. Solo estaba arremetiendo contra la que él creía que era la responsable de su divorcio.

—Me estás asustando, Miles. En serio. ¿Voy a tener que pagarte por esta sesión?

Miles volvió a ruborizarse.

—Demonios, claro que no, Julie. Corre a cuenta de la casa. Pero... —se puso rígido y bajó el tono de voz—, no se lo digas a Candy.

Julie aparcó el pequeño Volkswagen al llegar a casa y tiró del freno de mano. Se sentía exhausta. Si Miles Charleston demostraba ser mejor terapeuta que ella, entonces era el momento de estudiarse a sí misma.

Y no solo era Miles. Oh, no... Durante el resto de la tarde había tenido que soportar los consejos de sus otros clientes. Parejas que apenas se hablaban durante las sesiones de repente unían sus esfuerzos en intentar ayudarla con Jake Danforth. Le hacían preguntas de todo tipo; cuándo lo conoció, si se había enamorado de él a primera vista, qué pensaba de su ex mujer, cuándo iba a volver a su programa, cómo era en persona, si lo había besado...

La última fue Sue Frenzel. Su marido se había marchado a África y no había vuelto a dar señales de vida, pero tras tres años de ausencia, Sue aún mantenía la esperanza de que su intrépido explorador cruzara el umbral de su casa y la tomara en sus brazos.

Julie odiaba destrozar las esperanzas de la gente soñadora como Sue, pero tenía que ser sincera. Además, había trabajado muy duro para que Sue volviera a la realidad, y no quería acabar con los progresos obtenidos contándole una bonita e inexistente historia de amor entre Jake y ella.

—No hay nada entre Jake y yo, salvo algunos viejos recuerdos —había intentado argumentarle, pero Sue no la creía.

—¡Eso es lo único que hace falta! Los viejos recuerdos son como chispas. ¡Pueden estallar en llamas! ¡Por eso yo mantengo la chispa viva!

Aquello era demasiado como para limitarse a la realidad, había pensado Julie.

Al entrar en su apartamento, solo oyó el zumbido del frigorífico y el murmullo del aparato de aire acondicionado. Nora no estaba en casa.

Era una situación deprimente.

Se hundió en el sofá e intentó dejar de pensar en las palabras de Jake: «Lo estoy pasando muy mal por Juliet Sommerfield... Me ha dado muy fuerte...». Una sonrisa curvó sus labios. ¿Lo habría dicho en serio? ¿O solo estaba jugando con sus sentimientos para ganar audiencia?

Sonó el timbre de la puerta. Haciendo un gran esfuerzo, Julie se levantó y fue a abrir. La imagen de Jake Danforth llenaba sus pensamientos.

Se quedó boquiabierta. El objeto de sus fantasías estaba de pie en el umbral.

—Jake —dijo con la boca seca.

—Quería verte —dijo él—. He estado esperándote.

Julie tragó saliva. El calor de la excitación la recorría por dentro.

Por lo visto, las chispas empezaban a producir llamas.

Capítulo nueve

JULIE se quedó de pie en la puerta. «¿Quieres pasar?»; la anticuada invitación le bailaba en la punta de la lengua, pero le parecía demasiado usada. Después de unos segundos que se le hicieron eternos, se apartó para permitirle pasar y le dijo:

—¿Qué hace un chico tan guapo como tú en un lugar como este?

Jake sonrió, mostrando sus blanquísimos dientes.

—Pensé que lo mejor sería explicártelo por mí mismo. ¿Has escuchado hoy el programa?

—Ajá… —el corazón le dio un vuelco. ¿Había ido para explicarle que todo había acabado? ¡Tendría que haberlo sabido! Recordó que en su última visita dijo que alguien lo esperaba en casa.

—He recibido mucha presión por parte de DeeAnn, Colin y Zipper.

—¿Zipper? Oh, sí. Tu sustituto de las nueve.

—Parece que han formado un trío circense desde que empezó todo esto.

—¿A qué te refieres con «todo esto»? —le

preguntó, aunque ya sabía la respuesta.

—A ti y a mí.

—No ha pasado nada entre tú y yo —se apresuró ella a responder.

—Bueno, está bien… —Jake se detuvo en medio del salón. Sin poderse contener, Julie alisó la funda del sofá y colocó los cojines. Lo invitó a tomar asiento, pero los dos permanecieron de pie—. En ese caso vamos a hablar de lo que no hay entre tú y yo.

—Buena idea. Seguro que es una conversación muy corta.

—Antes que nada, ¿puedo conseguir que vuelvas al programa? Digamos… ¿este viernes?

—El viernes estoy muy ocupada.

—El programa empieza a las seis de la mañana —le recordó él—. ¿Tanto trabajo tienes a esa hora?

Ella lo miró, con el corazón desbocado. Estaba segura de estar sufriendo una hiperventilación.

—Empleo mucho tiempo en cepillarme los dientes.

—¿Qué te parece el jueves?

—Tengo que hacer la colada.

—Así que no quieres venir al programa, ¿eh?

Tácticas de evasión. Sus pacientes eran expertos en llevarlas a la práctica, y ahora era ella quien las perpetraba.

—No lo sé —dudó un momento—. Tengo miedo.

—¿Miedo de mí?

—Tal vez. No estoy segura —hizo una breve pausa antes de seguir—. Supongo que tengo miedo de decir algo inapropiado.

—¿Juliet Adams asustada? —se burló él.

—Julie Sommerfield —corrigió ella—. Y sí, estoy aterrorizada.

—¡No lo creo!

—De acuerdo, dejemos eso —dijo, sintiéndose incómoda—. ¿Qué más tienes que decirme?

En aquel momento Julie oyó cómo se cerraba la portezuela de un coche. Segundos después, sonaron unos pasos que subían los escalones de la entrada, y a continuación una llave en la cerradura. Nora.

—¿Podemos ir a alguna parte? —preguntó Jake, casi susurrándole al oído.

—No lo sé. Puede... Estás en mi espacio personal —Julie intentó que no la afectara demasiado, pero sabía que era una batalla perdida—. ¿Adónde quieres ir?

—Hola, Jake —saludó Nora entrando en el salón. Parecía muy satisfecha de verlo allí.

—Hola, Nora.

—¿Qué pasa aquí? —preguntó mirando a Julie.

—No mucho —respondió ella con una sonrisa hipócrita—. Jake y yo íbamos a... a...

Nora enarcó las cejas, expectante. Julie se quedó con la mente en blanco. ¿Qué explicación podría dar que tuviera sentido?

—A comprar tabaco —concluyó Jake, y sacó a Julie por la puerta antes de que pudiera ofrecer resistencia.

—¿Tabaco? —repitió ella llevándose la mano a la frente—. ¿A comprar tabaco?

Se sentó en el asiento del copiloto del coche negro de Jake. Había una reja metálica que separaba los asientos de la parte trasera, y Julie supuso que estaría destinada a Seltzer.

—Pensé que era una buena excusa —declaró él con una sonrisa—. Eres una fumadora empedernida. Además, ¿por qué no podías decir que íbamos a mi casa? ¿Qué tiene de malo decir la verdad? ¿Acaso tu trabajo no consiste en eso?

—Soy una terapeuta, no una interrogadora —miró por la ventanilla, resentida. No podía soportar que los demás le señalaran sus defectos.

—Una terapeuta que a veces echa las cartas del tarot.

—Yo no echo las cartas del tarot —dijo

ella entre dientes—. ¿Cuántas veces tengo que decírtelo?

—Con una basta —respondió él—. Siempre supe que eso fue cosa de Teri, pero quería oír cómo lo reconocías.

—No he parado de reconocerlo.

—Cometí el fallo de escuchar a mi ex mujer. Lo siento.

—Está bien —concedió ella, y miró a su alrededor—. ¿Dónde estamos?

—En mi casa.

—¿Tu casa? —habían entrado en el largo camino circular de la casa de sus padres. El mismo lugar adonde la había llevado la noche del baile.

—Ahora vivo aquí. Mis padres se mudaron a Palm Springs, aunque siguen viniendo en verano.

—¿Es aquí donde... donde vivías con Teri?

Él negó con la cabeza y Julie respiró aliviada. Por razones que no quería analizar no podía soportar la idea de imaginarse a Teri allí con Jake.

—No, Teri se quedó en la casa de la ciudad, mientras que yo me vine aquí.

—Buena idea —murmuró Julie—. Seguro que es mucho más valiosa.

—Y tiene muchos más recuerdos... —añadió él con una mirada significativa.

Subieron juntos por el camino de entrada, pero no se tomaron de la mano. El aire estaba cargado de humedad y las nubes cubrían el cielo. Unas pocas hojas errantes bailaban en el sendero frente a ellos. Jake abrió la puerta y Julie cruzó el umbral con ansiedad.

Nunca había estado en la casa principal. Se había apoyado en la barandilla de la terraza trasera y había caminado por los escalones de piedra que conducían a la casa de huéspedes, pero nunca había traspasado la entrada de mármol ni había contemplado la gigantesca araña de cristal que reflejaba luces de colores en todas direcciones, ni había visto la escalinata con su pasamanos de caoba.

Y a pesar de toda aquella magnificencia, sus pensamientos volvían a la casa de huéspedes, con su única habitación que servía a la vez de salón y dormitorio, sus ventanas con celosías, el dulce aroma de los cerezos en flor…

Tuvo que sacudirse para volver al presente, mientras Jake iba a la cocina y sacaba una botella de vino.

—¿Café?

—Claro.

Jake dejó la botella y abrió un armario que estaba lleno de tazas con su imagen.

—Lo sé —dijo al notar que Julie las estaba

mirando—. Te parecerá que soy un presumi-
do. Fue una idea mis productores —explicó
mientras preparaba la cafetera—. Unos rega-
litos para la audiencia. Me resulta de lo más
embarazoso.

—¿En serio?

Él asintió y sacó dos tazas. Iba a tender-
le una cuando Seltzer entró cojeando en la
cocina. Julie no se había dado cuenta de lo
viejo que era, aunque sabía que debería de
tener más de catorce años.

—Hola, muchacho —le dijo, sintiéndose
culpable por haber pensado tan mal de él. El
perro la miró y se tumbó a sus pies.

—Últimamente no se ha sentido muy bien
—dijo Jake—. Por eso lo vigilo y lo cuido
todo lo que puedo.

—De modo que era Seltzer quien te necesitaba en casa —murmuró ella. Él asintió
con una sonrisa, y Julie se sintió todavía peor.
Había vuelto a juzgarlo mal.

Salieron a la terraza y contemplaron la
ciudad, pero aquel día hacía frío, y Julie
pronto empezó a temblar. Jake se apresuró
a quitarse la chaqueta y se la echó por los
hombros. Julie se quedó embriagada por el
olor masculino que desprendía la chaqueta y
aspiró profunda e inconscientemente, como
si fuera su último aliento vital.

—Volvamos adentro —dijo él, y ella no

supo qué decir ni cómo sentirse. Cierto era que se estaba helando, pero entrar en la casa significaba desprenderse de la chaqueta, y empezaba a sentirse muy posesiva al respecto.

Él la condujo hacia una guarida en la parte trasera de la casa, y ella vio al instante que se trataba de su refugio. Dos sillones tapizados y un sofá a juego estaban dispuestos en semicírculo en torno a un gran televisor, situado en una estantería de cerezo repleta de libros y material electrónico. Jake accionó un interruptor y una música suave y seductora salió por los altavoces. ¿La habría elegido él con un propósito específico?, pensó Julie mientras se sentaba en uno de los sillones.

—Así que tus padres se mudaron a Palm Springs, ¿eh?

—Sí, ¿y los tuyos?

—Siguen en Beaverton. No hay nada nuevo.

—¿El viejo vecindario? —ella asintió, y Jake pensó un momento antes de preguntar—: ¿Qué pasó con tu ex?

—¿Con Kurt? —Julie parpadeó de asombro. Quiso decir algo, pero no fue capaz de articular palabra. Finalmente, cerró la boca y negó con la cabeza.

—¿Qué? —la apremió Jake.

—Si no puedes decir nada bueno sobre

una persona, lo mejor es que no digas nada.

Jake se echó a reír.

—¡Como si tú siguieras ese consejo!

—Está bien, está bien —dijo ella sonriendo—. Retiro todo lo que he dicho sobre ti, pero solo si tú haces lo mismo.

—Trato hecho —concedió él, y chocó su copa contra la suya en un brindis.

Los dos permanecieron sentados. No había reloj en la habitación, y Julie miró discretamente el suyo. No era que quisiera marcharse, pero tenía que aferrarse a la realidad. Se sentía muy extraña, como si Jake estuviera esperando una respuesta a su pregunta sobre Kurt.

—Kurt y yo no estábamos hechos para estar juntos —admitió finalmente—. Así que se marchó a «encontrarse a sí mismo», me sentí muy aliviada —puso una mueca—. Aunque la verdad es que «se encontró» con alguien muy pronto.

—Ojalá Teri se encontrara a sí misma con otra persona —dijo él.

—Creía que... —se detuvo y él la miró. No sabía cómo seguir—. No importa.

—No, dilo —la animó—. Has conocido a Teri. Me gustaría saber tu opinión.

—Solamente la he visto una vez —le recordó ella—. Es solo que... mencionaste a un monitor de Tae Bo, creo.

—Oh, él... —se encogió de hombros—. Creo que fue solo para hacerme daño. Y me lo hizo en su día. Pero ahora de verdad me gustaría que encontrase a alguien más y saliera por completo de mi vida.

—¿Cómo se comporta ahora contigo?

—Me ha estado llamando. Y ha sido muy específica contigo.

—¿Conmigo?

—No quería que yo te viese, ni de un modo profesional ni personal. ¡Como si pensara que sigue teniendo control sobre mí!

—¿Por eso estás haciendo esto? —preguntó ella, consciente de que había sentimientos ocultos.

—¿Haciendo qué? —hizo una pausa—. ¿Verte? ¡No! —la miró de un modo que la hizo estremecerse. Por suerte, estaba sentada—. Juliet... he querido acercarme a ti desde que te vi con aquel disfraz de bruja. Incluso antes, pero no sabía dónde encontrarte.

—No te creo.

—No crees que esté interesado en ti, ¿verdad?

Julie se apretó las manos hasta hacerse daño en los dedos.

—No cuando ahí fuera están esas Babbs y Pammy peleándose por ti. Y, bueno, tú eras el Romeo del instituto.

—No, y cualquiera que me llame así no me conoce en absoluto.

Ella quiso reírse en su cara, pero la risa murió en su garganta ante la intensa mirada de Jake. La alarma interna de Julie se disparó frenéticamente.

Él se levantó, la hizo ponerse en pie y le acarició la barbilla. Se quedaron tan cerca el uno del otro que Julie percibió el calor que emanaba de su piel. Tragó saliva al ver que bajaba la mirada hasta sus labios.

—Mmm... ¿Jake?

¿La estaba escuchando? No era probable. Vio cómo inclinaba la cabeza y recibió un ligero beso en los labios. Muy suave. Destinado a desarmarla por completo. Calculado para romper sus defensas. Eficaz al máximo. Julie supo que estaba perdida. Le devolvió el beso con cautela, acariciándole los labios con miedo y excitación a la vez.

Jake retrocedió y Julie se preparó, con todo el cuerpo en tensión. Era como observar a una cobra dispuesta para atacar; imposible escapar de la fascinación.

—Juliet —susurró, y se volvió a inclinar para besarla de nuevo. Ella cerró los ojos y suspiró. Fue una capitulación incondicional.

El beso se intensificó. Él le deslizó las manos por la espalda y le sacó los faldones de la blusa por la cintura, mientras ella le palpaba el pecho y hacía lo mismo con su camisa.

Sus lenguas se encontraron y entrelazaron, los dos se abrazaron con fuerza, perdieron el equilibrio y cayeron sobre el sofá.

—Juliet —volvió a susurrarle. Empezó a desabotonarle la blusa y a ella se le irguieron los pezones contra el sujetador.

—Me llamó Julie —le susurró ella al oído, casi sin aliento—. Sin «T» al final. ¿Tan difícil es de recordar?

—Es imposible de recordar —contestó él con un profundo gruñido, y cuando sus dedos encontraron la cremallera de sus pantalones, a Julie dejó de importarle cómo demonios la llamara.

Estaba completamente desnuda cuando sintió en el pecho el frío tacto de un hocico, y cuando Seltzer gimió a punto estuvo de saltar del sofá.

«¿En qué estaría pensando?», se preguntó a sí misma por centésima vez mientras subía los escalones de su puerta. Había estado a punto de hacer el amor con Jake Danforth. ¡Otra vez! Solo la intervención de Seltzer lo había evitado.

Julie negó con la cabeza. Tenía que recuperar la compostura y dejar de pensar en sexo

181

y en romances. Era necesario concentrarse en cualquier otra cosa. Y para ello necesitaba la ayuda de Nora. Sí, Nora podría ayudarla. Nora era la cordura personificada.

Al menos lo era... hasta que entró en el salón y la vio abrazada a Irving St. Cloud. Los dos se separaron rápidamente, como si fueran dos adolescentes a los que hubieran pillado en algo embarazoso. Y... ¿era pintalabios lo que había manchado de rojo el cuello de la camisa blanca de Irving?

—Hola, chicos —los saludó con un hilo de voz. ¡Aquello era justo lo que necesitaba!

—Será mejor que me vaya —dijo Irving, enderezándose el cuello manchado. Agarró su chaqueta y le sonrió a Julie. Ella le devolvió la sonrisa con los labios apretados. Nora e Irving se pusieron en pie y hubo un momento de tensión mientras miraban a Julie.

—¿Qué tal si me voy a la cocina? —murmuró ella, dándose la vuelta.

Diez minutos después, cuando se acabaron los besos de despedida, Nora fue en su busca. Julie le miró los pies y supo que su amiga estaba en una nube.

—¿Cómo es eso de acostarse con el enemigo?

—Oh... —la sonrisa de Nora era irritante—. Irv solo ha venido a hablar de unas cosas.

—¿Irv?

—Clarice volvió a la tienda y nos pusimos a hablar. Ya sabes que es una especie de casamentera.

—No, no lo sabía —mintió. Nunca se había creído el interés de Clarice por Nora's Nut Rolls, Etc.

—Y luego entró Irv y nos estuvimos riendo de ello. Y una cosa llevó a la otra...

—Como siempre ocurre —señaló Julie secamente.

—Y lo siguiente fue que me llamó y me preguntó si podía pasarse por aquí para seguir hablando de negocios.

—¿De negocios?

—St. Cloud vendería una selección de productos distintos a los que ofrece Nora's Nut Rolls, Etc. Y yo podría abrir más locales.

—Bueno, parece que llegasteis a algo más que un acuerdo en el sofá.

—¿Por qué estás tan enojada?

—¡Por ti! ¡Por ti y por Irving St. Cloud! De todas las personas has tenido que ser tú, Nora. ¡Te has vendido!

—Lo que hago es tomar una decisión inteligente para el negocio. Algo que nos beneficiará tanto a Irving como a mí. Y, además, ¿quién se está vendiendo aquí? Lo último que dijiste era que querías matar a Jake Danforth, y luego llego a casa y me decís que vais a comprar ¿tabaco? ¿Qué clase de eufemismo es ese?

—¿Eufemismo?

—¿Qué habéis estado haciendo Jake y tú? —le preguntó, clavándole la mirada.

—Nada —se apresuró a responder ella—. Solo... salimos a dar una vuelta.

—¿Adónde fuisteis?

—Eh, no estábamos hablando de mí.

—¿Adónde... habéis... ido? —volvió a preguntar Nora, enfatizando cada palabra.

—¡Vale, está bien! Fuimos a su casa, ¿contenta?

—Ajá... —Nora parecía muy satisfecha de sí misma.

—No quiero ni imaginar lo que estás pensando. Pero créeme, no ha pasado nada que pueda compararse a lo que estabais haciendo tú e Irv.

—¿Has hecho el amor con Jake?

—¡No! Te lo acabo de decir. No...

—¿Querías hacerlo?

—¡No! —mintió Julie—. Claro que no.

—Querías hacerlo, ¿verdad? —insistió Nora enarcando una ceja—. Oh, Julie, por el amor de Dios. Deja de negarlo. Lo amas. Siempre lo has amado y aunque te repitas lo contrario no vas a dejar de amarlo.

—Oh, ¿ahora eres también psicóloga? Qué bien. ¡Igual que todos mis pacientes!

—¿Qué es lo que quieres, Julie? —le preguntó Nora con más amabilidad—. Quiero decir, qué quieres de verdad. ¿Quieres a Jake Danforth?

—No.

—Julie... —le reprochó.

Julie quiso taparse los oídos con las manos, pero los recuerdos de aquella tarde con Jake la asaltaron. No podía negar la verdad.

—De acuerdo. Sí. ¡Sí, lo quiero! ¿Te parece bien así? ¡Lo quiero!

—¿Ha sido tan malo?

—¡Sí! Casi me mata reconocerlo. Pero, Nora... él me asusta muchísimo. Y no puedo soportar que una persona ejerza tanto poder sobre mí.

—La razón por la que te casaste con Kurt fue que en el fondo no te importaba mucho, y porque sabías que si se acababa no te afectaría en el alma. Tal vez sea hora de que escuches a tu corazón.

—¡Eso me parece algo impensable!

—Yo estoy escuchando al mío —reconoció Nora con suavidad.

«Mejor para ti», quiso replicarle Julie, pero se contuvo y se dio cuenta de que su amiga tenia razón.

—¿Cómo puedes estar segura de que Irving es tu hombre?

Nora esbozó una enigmática sonrisa.

—Porque le pongo su masa a punto.

—Dime que no es solo por eso.

—Lo es.

Y así acabó la conversación.

Capítulo diez

HASTA pronto, Portland —se despidió Jake por el micrófono, y se quitó los auriculares. Tenía una expresión adusta, y DeeAnn, que llevaba sufriendo su mal humor toda la mañana, lo miró duramente.

—¿Sigues enfadado con nosotros?

—¿Qué?

—¿Qué te pasa, Jake?

En vez de responder, Jake dejó escapar una larga exhalación, enganchó su chaqueta con un dedo y se encaminó a la puerta.

En aquel momento entró Zipper, con los brazos cruzados al pecho.

—¿Estás bien, tío? —le preguntó a Jake, después de mirar a DeeAnn.

—No podría estar mejor.

Jake pulso el botón del ascensor. Las puertas se abrieron y Beryl Hoffman retrocedió un paso para permitirle entrar. Jake reprimió un gruñido y por un segundo se preguntó si sería lo bastante grosero como para decidir bajar andando. Llegó a mirar hacia las escaleras, pero entonces vio que Pammy también se dirigía hacia allá.

Tenía que elegir entre dos opciones desfavorables, y decidió meterse en el ascensor.

—He oído tu programa —le dijo Beryl.

—¿No crees que se ha vuelto monotemático? —preguntó él.

—Toda la ciudad está interesada en tu relación personal con esa... terapeuta —hizo un gesto de desagrado con los labios, como si aquella palabra le asqueara.

Jake no tenía nada que decir, de modo que permaneció en silencio mientras esperaba a llegar al vestíbulo. Llevaba toda la mañana intentando evitar el tema. Incluso había desconectado las líneas telefónicas mientras entrevistaba a un ídolo de los culebrones televisivos, alguien que con toda seguridad hubiera provocado un aluvión de llamadas.

Su mente volvió a rememorar los momentos que había compartido con Juliet en el sofá; su respiración entrecortada, el suave estremecimiento de su piel, la curva de sus labios... No podía quitarse esos pensamientos de la cabeza, y la noche anterior había estado dando vueltas en la cama sin poder dormir. Pero lo peor había llegado por la mañana, cuando comprobó con preocupación que Seltzer no había probado la comida que tenía en el recipiente.

Los dos se habían mirado el uno al otro en la cocina, y a Jake se le había formado un nudo en el estómago.

—Come un poco —le había dicho tras llenarle un cuenco de agua—. Volveré después del trabajo.

Sabía que Seltzer ya era muy viejo, pero eso no aliviaba su pena, y no se atrevía a pensar en el dolor que su muerte le produciría.

Condujo hacia casa tan rápido como lo permitía el tráfico. Seltzer estaba esperando en el felpudo de la puerta del garaje, inmóvil. Jake entró y comprobó que la comida del perro seguía intacta.

—Vamos, muchacho —le dijo mientras lo ayudaba a levantarse, y, por una vez en su vida, Seltzer, que siempre presentía cuando iban al veterinario, no se resistió.

Julie supo que algo iba mal cuando Sue Frenzel irrumpió en medio de la sesión que estaba teniendo con Carolyn Mathers. Sue nunca se había presentado en la consulta a no ser que tuviera una cita. Tenía el rostro encendido y una mirada salvaje.

¿Y era un moretón lo que tenía en el cuello?

—¿Ha vuelto? —preguntó Julie, incrédula. ¿Acaso había regresado el intrépido explorador?

—Ha vuelto su hermano. Ya sabes que siempre sentí algo por él, pero los dos se fueron juntos a África. Ha vuelto y me ha dicho que no puede vivir sin mí, ¡así que voy a divorciarme de Tom y a casarme con Dick!

—¿Qué le ha ocurrido a Harry? —preguntó Carolyn con interés.

Sue parpadeó en confusión, y se volvió hacia Julie.

—Nos vamos a Costa de Marfil. Solo quería decirte que no vendré a mi próxima cita. ¡Muchas gracias!

Y se fue sin decir más.

Hubo unos segundos de silencio, antes de que Julie volviera a hablar:

—Parece que mis pacientes se están curando por sí solos.

—¿Qué? —replicó Carolyn ofendida—. ¿Estás de broma? A mí me hacen falta años de terapia, cariño —sacó el paquete de cigarrillos y le ofreció uno a Julie, quien negó con la cabeza y señaló el letrero que prohibía fumar. Carolyn no hizo caso y procedió a encender el pitillo. Por su parte, Julie se refugió en sus propios pensamientos

—¿Qué estabas diciendo? —preguntó distraída.

Carolyn la miró con detenimiento. Estaba claro que Julie tenía la cabeza en otra parte.

—Estaba pensando en trabajar contigo,

como socia. He estado tomando lecciones con mi masajista. No tiene titulación, pero sí mucha experiencia en el arte de «estrujar cerebros». He pensado que podría saltarme los cursos de la universidad y pasar directamente a la práctica. ¿Qué te parece?

—Puede ser... —Julie miró el reloj de la mesa. ¿Debería ir a ver a Jake cuando acabara el trabajo o eso sería ser muy atrevida? Hiciera lo que hiciera, estaba claro que no iba a poder olvidarlo jamás.

—¿No se supone que tendrías que escucharme? —le preguntó Carolyn—. Quiero decir, ¿no es por eso para lo que te pago?

—Te estoy escuchando —le espetó Julie.

—¿Has oído una sola palabra de lo que he dicho?

—¿Algo sobre un masaje?

Carolyn expulsó una bocanada de humo y sonrió.

El teléfono sonó justo cuando Julie estaba cerrando con llave. Por suerte, Carolyn había sido la última paciente del día, aunque se había marchado sin apenas decir nada de su situación personal. Julie no se sentía capaz de tratar a nadie más, y menos aún a personas como Carolyn y Miles, que tanto se interesaban por su vida privada. Si no conseguía recuperar pronto el equilibrio, iba a tener que buscar otro trabajo.

Nerviosa, volvió a entrar y levantó el auricular.

—¿Diga?

—¿Juliet?

El corazón se le encogió. No era Jake.

—Hola, mamá.

—Hace días que no sé nada de ti. ¿Cómo va todo con Jake? Parece que no quiere hablar de ti en su programa. ¿Cuándo vas a volver a la radio? Le he estado diciendo a todo el mundo que la escuche, y se están impacientando.

—No quiero que Jake hablé de mí en su programa, mamá. Él lo sabe, por lo que seguramente está intentando protegerme.

—¿Protegerte de qué, querida?

—De las especulaciones. Por eso no voy a volver a la radio. Al menos, por ahora.

—¿Entonces, cuando?

—Más...adelante.

—Eso no dice mucho.

—¡Ya lo sé! —Julie intentó ocultar su creciente irritación, sin mucho éxito—. Mamá, ¿puedo llamarte en otro momento? Me has pillado en la puerta.

—Bueno, supongo que sí... ¿Le has hablado ya a Jake de Kurt?

—¿Hablarle de Kurt?

—Decirle que nunca lo amaste de verdad, y que te enamoraste de Jake antes incluso de la noche del baile.

Jake se apartó el auricular de la oreja y lo miró como si fuera una serpiente venenosa. Nunca le había contado a su madre lo del baile. ¡Nunca! Ni siquiera cuando sufrió la terrible depresión a la semana siguiente. Su madre tenía que ser adivina o...

—¿Has vuelto a aumentar la dosis de tu medicación, mamá?

—Tranquilízate —le dijo su madre con dureza—. Siempre has pensado que todos los demás somos ciegos y estúpidos. Todos menos tú. Pero si quieres a ese hombre, ve a por él —soltó un resoplido—. Ve a por él, querida, antes de que se esfume —concluyó, y colgó sin despedirse.

Anonadada, Julie salió de la oficina y se montó en el coche. Arrancó y se dirigió hacia la casa de Jake. Todo el mundo parecía saber algo que ella ignoraba. ¿Lo sabría también Jake?

Al llegar al camino de entrada miró automáticamente hacia la casa de huéspedes. Había algo curioso en sus dos ventanas flanqueando la puerta y los maceteros de flores de la fachada. Las macetas de los extremos estaban un poco más elevadas que las del centro.

¿Acaso la casa le estaba sonriendo, por amor de Dios?

Pensó en darse la vuelta y alejarse a toda velocidad, pero entonces Jake apareció en el porche, con los hombros caídos y las manos en el bolsillo. A Julie le llamó la atención verlo así, de modo que apagó el motor y salió del coche. Una ligera brisa le sacudió los cabellos.

—Tendría que haber llamado antes —dijo.

—No, pasa. Me alegra que estés aquí.

—¿En serio? —preguntó más animada—. Cuando me fui la otra noche, no sabía qué pensar, ¿sabes? —lo miró mientras entraban juntos en la casa.

—Yo no pude dormir —reconoció él.

—Ni yo —confesó ella con alivio.

—Todavía no he comido… ¿Qué te parece si preparo unos sándwiches?

—Perfecto.

Entonces Julie se preguntó dónde estaría Seltzer y miró a su alrededor en busca del perro. Pero en ese momento, Jake, que estaba andando hacia la cocina, se detuvo en seco. Ella se dirigió rápidamente hacia él y le puso las manos en los hombros.

El contacto pareció encender algo. Jake se volvió, la abrazó con fuerza y, antes de que ella pudiera pensar, la besó en los labios. Fue un beso posesivo, cargado de una pasión desesperada, un beso que le provocó a Julie un vuelco en el corazón. Se estaban comportando como si volvieran a ser dos adolescentes, y era maravilloso…

Y, al igual que la otra, vez, Julie se encontró rendida ante su hechizo. No podía ofrecer resistencia alguna, ni siquiera cuando la tumbó en el frío suelo de madera, ni siquiera cuando le deslizó los labios por el cuello mientras sus dedos le apartaban la camisa y el sujetador… Gimió y se aferró a él con fuerza. Todo sucedió tan rápido que no tuvo tiempo ni de aguantar la respiración, y lo único que pudo hacer fue abrir un ojo para buscar a Seltzer, antes de que los dedos de Jake le bajaran la cremallera de los pantalones.

«Tendría que decir algo», pensó. «Realmente tendría que decir algo».

Impaciente por la lentitud de Jake, le apartó las manos y terminó de desnudarse ella misma. Sintió una repentina vergüenza, pero enseguida la invadió un deseo ardiente, y empezó a desabrocharle la camisa.

—Juliet… —murmuró con la boca casi pegada a la suya, mientras su cuerpo descendía hacia ella.

«Tendría que decir algo…», volvió a pensar Julie, pero la única palabra que salió de sus labios fue:

—Romeo...

Los dos rompieron a reír, hasta que el apasionado ritmo del acto amoroso les hizo olvidar quiénes eran.

—¿Qué ha sido eso? —preguntó Jake medio dormido, dos minutos después de la explosión del orgasmo. Julie estaba abrazada a él, recuperando la respiración—. Creo que he oído algo.

—Seguramente sea Seltzer —dijo ella, dándole un mordisquito en la oreja.

Aquel comentario lo dejó helado y con una expresión adusta.

—Hoy lo he llevado al veterinario. No come nada.

—Oh, Jake —el corazón se le encogió de pena a Julie.

—Ha sido un día horrible. Lo dejé en la clínica, pero sigue sin comer. Iba a ir a verlo cuando tú has llegado, y luego, bueno... —esbozó una vaga sonrisa—. Me distraje un poco.

—Quién iba a pensar que el suelo de la cocina sería un lugar tan estupendo para distraerse —Jake sonrió y Julie añadió seriamente—: ¿Quieres ir solo o prefieres com...?

¡Bam! ¡Bam! ¡Bam!

Los golpes en la puerta delantera los hicieron separarse. Veloz como el rayo, Jake se puso los calzoncillos y los pantalones, mientras Julie buscaba sus ropas. Los pantalones, la blusa, las braguitas... Lo único que no encontraba era el sujetador, hasta que lo vio sobre un taburete.

De repente, la puerta se abrió con fuerza, golpeando la pared y haciendo vibrar la araña del techo. Julie ahogó un grito y se escabulló detrás del mostrador, mientras intentaba subirse los pantalones.

—¡Jake! —gritó una voz femenina.

Teri Danforth.

Julie se agachó y asomó la cabeza por un lateral del mostrador. Las piernas de Teri avanzaban hacia ellos, como un par de tacones negros que anunciaran el Apocalipsis.

—Hola, cariño —la saludó Jake, mientras Julie se ocultaba de la vista—. ¿Vas a quedarte a cenar?

—¿Dónde está ella? He visto su coche fuera. ¿Dónde está?

Tan silenciosamente como pudo, Julie consiguió enfundar una pierna en la pernera. Él corazón le latía a un ritmo salvaje.

—No sabía que tuvieras una llave de esta casa —le dijo Jake—. ¿Cómo es eso, Teri?

—¡Maldita sea, Jake! ¿Dónde está esa bruja?

—Justo delante de mí —respondió Jake sin dudarlo.

Teri respiró hondo, tragándose el insulto, y siguió moviéndose por la cocina.

—Teri, nadie te ha invitado a venir, así que deja la llave y lárgate enseguida.

—¡Eso es un sujetador! —gritó ella con voz aguda.

Julie quiso morirse. ¡Todo estaba perdido!

—No quería que te enteraras así —dijo Jake muy serio—. Estoy probándome distintas tallas y modelos. Dame...

Julie oyó un chillido cuando él se inclinó y agarró el sujetador, y aprovechó para meter un brazo por la blusa. Oyó unos ruidos y un resoplido de Teri, pero no podía saber lo que estaba pasando. Tenía un brazo en la blusa. Estupendo. Intentó meter el segundo. ¿Dónde demonios estaba la manga?

—Ahora dime la verdad —dijo Jake con voz afeminada—. ¿Crees que me hace gordo?

Julie se imaginó a Jake con el sujetador sobre su pecho desnudo y tuvo que taparse la boca con la mano para reprimir la risa.

—Maldito seas, Jake —dijo Teri entre dientes. No parecía encontrarle la gracia.

En aquel momento Teri se inclinó sobre el mostrador y vio a Julie, quien esbozó una tímida sonrisa y se abrazó con las rodillas pegadas al pecho. Teri soltó un espeluznante alarido que a punto estuvo de romperle los tímpanos a Julie.

—¡Las cartas me dijeron que algo estaba pasando! —gritó, loca de furia—. ¡Ahora sé a qué se referían!

Fue entonces cuando Jake la agarró por el brazo y la hizo salir de la cocina. Julie terminó de abotonarse la blusa y asomó la cabeza, a tiempo para ver cómo Jake desaparecía por el vestíbulo llevándose a una violenta Teri con él. Los extremos desatados del sujetador le colgaban por la espalda.

Volvió momentos después. Le devolvió el sujetador y le clavó la mirada. La preocupación se reflejaba en su rostro.

Julie tragó saliva.

—Hay días en los que no conviene empezar una aventura.

—Lo siento. Ya se ha ido.

Julie se metió el sujetador en el bolsillo. No podía evitar sentirse como una estúpida. Le dio un pequeño abrazo a Jake y se encaminó hacia la puerta.

—No tienes por qué marcharte —le dijo él.

—Creo que debo hacerlo.

Él no intentó detenerla y se limitó a asentir. Julie supo que estaba pensando en la intromisión de Teri y en Seltzer. Y aunque ella quería compartir su dolor, Teri había echado a perder la ternura y la compenetración que había surgido entre ambos. Su intimidad, por el momento, había acabado.

—Te llamaré más tarde —dijo él, y Julie asintió con un nudo en la garganta. En la puerta la besó, haciéndola sentir un poco mejor.

—Jake... —las palabras «te quiero» bailaban en su cabeza, pugnando por salir, pero el sentido común prevaleció en ella y dijo—: El sujetador no te hace gordo, pero no creo que el naranja sea tu color.

«Estúpida, estúpida, estúpida».

¿Por qué había tenido que hacer ese chiste? Julie estuvo toda la noche dando vueltas y haciéndose esa pregunta. Hubiera hablado con Nora del asunto, pero su amiga estaba literalmente en los brazos de Irving St. Cloud, y en aquella ocasión a ninguno de los dos pareció molestarlo que Julie llegase a casa.

Recordar la cara de Teri bastaba para producirle un escalofrío, si bien estaba demasiado acalorada por la vergüenza como para notarlo.

Sueño, se suplicó a si misma. Sueño, descanso, relajación, paz...

No conseguía nada de nada.

Cuando el despertador sonó a las seis menos cuarto, Julie lo apagó al primer pitido. Cansada y destrozada, se metió en la ducha, se cepilló vigorosamente los dientes, se maquilló y se secó el pelo. Luego, se miró al espejo y emitió un grito ahogado. Se dio un poco más de color en las mejillas e intentó esbozar una sonrisa. Le salió una mueca grotesca.

Cuando entró en la cocina, encontró a Nora canturreando y untando un panecillo de mantequilla.

—Buenos días —la saludó con voz cantarina. Julie la miró a los pies. Sí. Su amiga aún seguía en una nube—. ¿Qué pasa? —le preguntó, mirándola con curiosidad.

—¿Por qué? ¿Te parece que pase algo?

—No lo sé. Es solo que... no tienes buen aspecto.

—Genial —murmuró Julie—. Genial, porque tú sí que tienes un aspecto fantástico, y estoy segura de que tiene que ver con eso que hay entre Irving St. Cloud y tú.

—Oh, oh... ¿Problemas con Jake?

—De primer grado —dijo ella, y le contó lo sucedido la noche anterior con todo detalle.

Por una vez, Nora pareció alarmarse realmente, pero lo único que dijo fue:

—Mal asunto.

Julie condujo hasta su oficina mientras escuchaba el programa de Jake, quien aquella mañana parecía estar tremendamente distraído. Tanto, que DeeAnn empezó a atender llamadas en un intento por mantener el ritmo normal del programa. Todas las llamadas eran para saber si la distracción de Jake se debía a que estaba enamorado de su asesora matrimonial.

—Parece que necesita un estimulante, ¿no crees? —le dijo una mujer a DeeAnn—. Hay una tienda en Burnside. Tienen algunas cosas que podrían venirle muy bien...

DeeAnn cortó la llamada y conectó otra línea.

—Dile que bese el micrófono —pidió la siguiente mujer, y debió de pasar la lengua por el auricular, a juzgar por el ruido que se oyó por los altavoces.

Julie soltó un gemido y apagó la radio, pero la volvió a encender momentos después, a tiempo para oír la inconfundible voz de Teri Danforth.

—¡Sí, estaban juntos! ¡En el suelo de la cocina! Jake, ¿estás ahí? ¡Esta es la última vez que me engañas! —chilló. Parecía haber olvidado que el matrimonio se había acabado tiempo atrás y que Jake estaba satisfecho con el acuerdo—. Puedes quedarte con ella, ¿me oyes? ¡Puedes quedarte con ella! Os merecéis

202

el uno al otro. Los dos sois unos mentirosos, embusteros...

DeeAnn también cortó esa llamada, y Julie aguardó con la respiración contenida hasta que volvió a oírse la voz de Jake:

—El divorcio... —dijo secamente—. Qué cosa tan bella.

Cuando Julie llegó a la oficina, volvió a encender la radio, desesperada y a la vez asustada por seguir escuchando. Entonces Jake reconoció el verdadero motivo de su mal estado de ánimo.

—Mi perro, Seltzer, murió anoche. Sé que el programa no ha sido hoy muy divertido, pero gracias por aguantarme, Portland. Nos veremos mañana.

A Julie se le llenaron los ojos de lágrimas. Agarró el teléfono con una mano temblorosa y llamó a la emisora, pero no consiguió que la pusieran con él, ni siquiera cuando dio su nombre.

—Permanezca a la espera —fue la respuesta de la recepcionista—. Tiene a diez Julie Sommerfield por delante.

—¿Cómo ha dicho?

—Todas piensan que con ese nombre podrán hablar con él. Buen intento.

Julie colgó, derrotada, y en ese preciso instante entró Miles en la consulta.

—No tenemos una cita, pero he oído el

programa de Jake Danforth y pensé que podrías necesitarme.

Y entonces Julie se echó a llorar y Miles le ofreció un pañuelo limpio que sacó del bolsillo. Julie ignoró las letras *MC* bordadas en un extremo y se sonó la nariz.

—Tengo que verlo —confesó.

—Sí, tienes que hacerlo.

—Me siento fatal.

—Él te necesita.

—Miles —Julie esbozó una ligera sonrisa—, ¿cómo te has vuelto tan inteligente?

—Años de terapia —dijo él, carraspeando— .Y gracias —añadió, mientras ella agarraba su abrigo y juntos se dirigían hacia la puerta.

—¿Gracias?

—He dejado a Candy. Siempre supe que no me amaba de verdad, pero no quería estar solo. Al fin me he atrevido a dar el paso, y creo que es hora de que tú también lo des. Pero quizá... —se tocó la nariz con un dedo—. Mmm... quizá deberías pasarte por casa y arreglarte un poco.

Julie lo miró y sacó un pequeño espejo del bolso. Lo volvió a guardar segundos después.

—Buen consejo —respondió secamente.

Cuando al fin acabó de arreglarse y de elegir un regalo para Jake, ya habían transcurrido varias horas. Y transcurrió otra más hasta que llegó a la emisora, después de pasarse por su casa y comprobar que no estaba.

Irrumpió en el vestíbulo, saludó con la mano al camarero de la cafetería, quien pareció incómodo de verla, y se encontró de cara con Beryl Hoffman.

—Tú eres la invitada bruja de Jake Danforth, ¿verdad? —le preguntó con una mirada severa—. Bueno, Jake está arriba, con dos mujeres —pasó junto a ella y salió al aparcamiento.

Julie entró en el ascensor, sin dejar que las palabras de Beryl la afectaran mucho. ¿Dos mujeres? ¿Y qué? Sin embargo, no estaba segura de lo que encontraría al llegar a la planta de Jake.

Y allí vio a dos perritos, uno de ellos con un enorme parecido a Seltzer, salvo que Seltzer era de pura raza y aquel era un mestizo color canela. El otro era un chucho negro con una larga lengua que lamía todo lo que tuviera a su alcance.

Los dos estaban en brazos de Pammy y de Babbs respectivamente. Jake estaba a su lado, perplejo. Julie supo que las dos mujeres le habían llevado los perros para sustituir a Seltzer, lo cual no dejaba de ser de una presuntuosidad intolerable.

—¡Juliet! —la saludó Jake con alivio.

—¿Es esto una reunión de la Sociedad Canina? —preguntó ella muy seria, mirando a Pammy y a Babbs. Pammy emitió un resoplido y dejó al perrito canela en brazos de Jake.

—Si no te gusta, puedo devolverlo —declaró, y pasó junto a Julie sin mirarla a los ojos.

Babbs fue más amable.

—La perra de un amigo ha tenido cachorros y este es tan bonito... Al enterarme de que habías perdido a tu perro, Jake, pensé que... —se le rasgó la voz—. Yo también puedo devolverlo.

Julie alargó los brazos hacia el perrito. Babbs se lo tendió y la miró de arriba abajo.

—Chica con suerte —dijo con admiración, y se marchó también.

—Siento lo de Seltzer —le dijo Julie a Jake con suavidad, cuando se quedaron solos.

—Gracias. Yo también —miró al perrito, que descansaba plácidamente en brazos de Julie.

—Te han traído dos perros —dijo ella.

—Es difícil de creer —corroboró él—. ¿Qué tienes en esa bolsa? —le preguntó.

Julie casi se había olvidado de su propio regalo, que aún sostenía en los dedos.

—Es un regalo para expresarte mis condolencias.

—No será otro perro, ¿eh? —arqueó una ceja, y ella pudo ver que, a pesar de todo, se alegraba de verla.

—No exactamente —murmuró.

—Vamos a llevar a estos pequeños a casa. Allí podrás enseñarme lo que me has traído.

—¿Vas a quedártelos?

—¿Se te ocurre una idea mejor? —el cachorro canela se acurrucó en sus brazos y bostezó. Al verlo, el perrito que sostenía Julie trató de soltarse y de saltar a los brazos de Jake.

Una vez en casa, confinaron a los perros a un rincón de la cocina, rodeados por varias cajas y una mesita. Luego, se sacudieron los pelos de la ropa y salieron a la terraza, donde Jake leyó la tarjeta del regalo de Julie: *¿Quieres pelea? Con amor, Juliet.*

—¿Quieres pelea? —repitió él, desconcertado.

—Mira en la bolsa.

Jake obedeció y soltó una carcajada al sacar un tarro de cerezas.

—No me tientes. Ha sido un mal día.

—Eh, me he puesto los vaqueros y la camisa negra porque no importa que se manchen —respondió ella sonriendo—. Así que, si tienes ganas de liberar un poco de tensión, estoy lista. ¡Apunta bien, Jake Danforth!

Él abrió el tarro y sacó una cereza. Se acercó a Julie y ella se abrazó, temiendo que se la aplastara en el pelo o en la cara. Pero en vez de eso se la puso delante de los labios, y ella se la quitó delicadamente con la lengua.

—Buen perro —dijo Jake acariciándole la cabeza. Entonces Julie le arrebató el tarro, sacó una cereza y se la metió en su risueña boca.

Amor a primera vista.

Epílogo

JULIE miró con preocupación el vestido de la dama de honor. Parecía un simple saco de satén color lavanda, a juego con unas zapatillas también de satén.

—Nora no esperará que me ponga esto, ¿verdad? —gimió—. Voy a tener que matarla.

Jake le tendió una copa de zumo de piña y guayaba.

—¿Otro complot de asesinato? —preguntó. Se había enterado por Nora de los primeros planes de Julie.

—Voy a parecer una ballena —tomó la copa y se miró la abultada barriga. Su embarazo duraba ya siete meses, y para la boda de Nora apenas faltaban tres semanas.

—Una orca —Jake besó a su mujer en la mejilla—. Una pequeña y adorable orca.

—Muy gracioso. Comentarios como ese podrían mandarnos a una asesora matrimonial. Alguien distinta a mí, claro.

—¿Como Carolyn Mathers?

Julie se encogió burlonamente de hombros. Al no conseguir que la admitiera como socia en la consulta, Carolyn había conseguido que la contratase como secretaria. Pronto demostró que sabía hacer bien su trabajo, y además había dejado de fumar.

—Odio admitir que la necesito —confesó Julie arrugando la nariz—. Y ahora que tiene un trabajo del que ocuparse, parece que se ha establecido en su matrimonio. Hace mucho que ya no me cuenta historias de sexo.

—Qué lástima.

Bing, el perro negro, levantó la cabeza y ladró, como si estuviera de acuerdo. Jake le acarició la cabeza y Cherry, el mestizo canela, le empujó la mano.

—Me niego a que seas tú quien le ponga el nombre a nuestro hijo —dijo Julie, mirando con afecto a los animales—. Mira lo que has hecho con nuestros perros...

—A propósito, tengo más sugerencias de parte de mis oyentes.

—Ya lo sé. Romeo y Juliet, ¿verdad? —fingió dar un bostezo.

—No. Romy si es niña, y Jules si es niño.

—Variaciones de lo mismo. No, gracias.

—Bueno, creo que Nora e Irving deberían ponerle Ángel a su primer hijo.

—Ángel St. Cloud. Qué buena idea —Julie se metió un dedo en la boca y fingió que le daban arcadas.

Jake se echó a reír, le quitó la copa y, tras dejarla en el mostrador, tomó a su mujer en sus brazos… al menos, todo lo que el embarazo de Julie permitía.

—Está bien, puedes llamarlo o llamarla como quieras. Te quiero, señora Danforth.

—Y yo a ti, señor Danforth.

Jake retrocedió un paso y miró asombrado la barriga.

—Alguien acaba de darme una patada —dijo con los ojos brillantes de alegría.

—Ajá —corroboró Julie con una sonrisa—. Si te gusta, podemos ir a la casa de huéspedes para probar nuevos movimientos…

—Tienes una mente retorcida, mi amada Juliet —la besó con ternura.

Ella sintió que se derretía ante la muestra de amor. Era tan afortunada de estar a su lado…

—¿Te he dicho alguna vez que te quiero? —él asintió—. Sí, ya lo sé, pero nunca me cansaré de decírtelo. Y por cierto —añadió mientras él le mordisqueaba suavemente el cuello—, no hay «T» al final. Es Julie. ¿Crees que podrás recordarlo alguna vez?

—Jamás —dijo él riendo, y antes de que su mujer pudiera protestar, la hizo callar con un beso. Una prolongada e intensa demostración del amor que sentía por ella.